KB237056

김수겸 新무협 판타지 소설
FANTASTIC ORIENTAL HEROES

무적세가 2

김수겸 新무협 판타지 소설

초판 1쇄 찍은 날 § 2007년 11월 12일
초판 1쇄 펴낸 날 § 2007년 11월 17일

지은이 § 김수겸
펴낸이 § 서경석

편집장 § 문혜영
편집책임 § 심재영
편집 § 유경화

펴낸곳 § 도서출판 청어람
등록번호 § 제1081-1-89호
등록일자 § 1999. 5. 31
어람번호 § 제2-1346호

주소 § 경기도 부천시 원미구 심곡1동 350-1 남성B/D 3F (우) 420-011
전화 § 032-656-4452 팩스 § 032-656-4453
http://www.chungeoram.com
E-mail § eoram99@chollian.net

ISBN 978-89-251-1017-2 04810
ISBN 978-89-251-1015-8 (세트)

무격세가

2

비상(飛上)

김수겸 新무협 판타지 소설

FANTASTIC ORIENTAL HEROES

도서출판 처람

第一章 합비

無敵世家

안휘성 합비(合肥).

정원이 많기로 유명한 도시이며, '푸름의 도시', 또는 '정원(庭園) 도시'라는 미명(美名)을 가진 곳이다.

이십 리가 넘는 호수와 정원이 이어져 있는 환성이 아름다운 비취 목걸이처럼 도시 전체를 에워싸고 있다.

대촉산 기슭에 있는 촉산호의 푸름은 천하 절경이며, 자봉산의 상서로움과 사정산 또한 그에 못지않은 아름다움을 뽐내는 곳이다.

천하오대호수 중 하나인 팔백 리 소호(巢湖) 또한 합비의 자랑이었다.

시선 이백은 합비와 안휘를 일컬어 이런 시를 지어 감탄했다.

천문(天門)이 초하(楚河)를 열어 푸른 물이 동으로 흘러 이곳에 이르고,
양쪽의 푸른 산이 마주 보고 외로운 쪽배 저 멀리서 오는도다.

그런데 이처럼 아름다운 합비와 안휘성을 두고 무림인들이 가장 먼저 떠올리는 이름은 뭐니 뭐니 해도 천년세가로 불리는 남궁세가였다.
그런 남궁세가의 소가주.
남궁유한은 합비 최고의 기루인 춘월루 내실에 앉아 있었다.
그런데 그는 지금 당장에라도 폭발할 것만 같은 험악한 분위기였다.
눈앞의 이자, 살만 뒤룩뒤룩 찌운 한 마리 돼지에 불과한 자가 자신 앞에서 거들먹거리고 있었다.
정오품 관리인 합비부 지부(知府) 유만학이라는 자였다.
'이 자식!'
술상을 사이에 두고 남궁유한은 유만학을 노려보고 있었다.

유만학은 그런 남궁유한의 시선을 느끼지도 못하는지 제 할 말만 앵무새처럼 반복하고 있었다.

"해마다 은자 일만 냥, 원단(元旦, 설날)과 중추절에는 따로 은자나 특산품을 추가로 줘야 할 것이외다."

유만학은 술을 한잔 쭉 들이켜더니 말을 이었다.

"사실 남궁가에서 나오는 은자만 확실하면, 그것이 구 총관의 주머니에서 나온 것이든 소가주의 주머니에서 나온 것이든 상관하지 않소이다. 어차피 관부는 세가나 무림의 일에 굳이 관여하고 싶은 생각도 없으니."

노골적인 상납 요구였다.

어차피 관부에 은자를 쑤셔놓지 않으면 별의별 귀찮은 일이 다 벌어진다.

게다가 황제 소유의 은광과 철광, 구리 광산 등을 위탁 경영하고 있는 남궁세가 입장에서는 철마다, 명절마다 관부와 중앙 조정에 은자로 기름칠을 해야 했다.

'그러나 이런 것은 내 방식이 아니다. 사실 귀찮다.'

당장에라도 상을 뒤엎고, 합비부 지부 유만학의 면상을 후려치고 싶은 심정이었다.

그러나 필사적으로 참았다.

"그리고 빠른 시일 내에 합비부 안의 치안을 잡아줬으면 하오. 흑사회주 주오가 병상에 누운 후 범죄가 기승을 부리고 있으니 말이오."

그는 상납을 요구할 뿐만 아니라, 뻔뻔하게도 자신의 소임인 치안 유지까지 남궁세가에 떠넘기고 있었다.

하지만 당분간은 참아야 했다.

"아, 알았소."

남궁유한이 똥 씹은 표정으로 답했다.

그러자 유만학이 다시 술 한잔을 들이켜더니 자리에서 일어섰다.

"그럼, 알아들은 것으로 알고 내 일어나리다."

그는 남궁유한이 가져온 고급 자단목함을 소중하게 품고는 내실을 나섰다.

자단목함에는 하오문 안휘성 지부장인 복삼이 이 정도면 적당할 것이다 하며 챙겨준 은자 일만 냥이 들어 있었다.

첫 대면에 기름칠이 필요한 것은 당연하며, 특히 유만학이라는 자는 유달리 탐욕스러운 자라면서.

콰다당!

유만학이 나가자마자 남궁유한이 명주와 온갖 산해진미가 다 차려져 있던 술상을 걸어챘다.

"관리라는 것들……."

남궁유한이 분을 삭이지 못하고 있을 때였다.

다른 방에서 폭풍대와 세가 청년들을 위로하기 위한 술자리를 갖고 있던 복삼이 때맞춰 방 안에 들어왔다.

술상을 뒤엎고 씩씩거리고 있는 유한을 보며 복삼이 웃

었다.

"그래도 잘 참으셨습니다. 관리란 것들이 다 그렇지요. 은자만 꼬박꼬박 먹여주면 앞으로는 볼 일 없을 테니 그리 신경 쓰지 마십시오."

남궁유한의 성격상 관리 앞에서 술상을 뒤집어엎어도 몇 번은 그랬어야 했다.

하지만 유만학을 만나기 전에 복삼이 이번 한 번만 참으면 된다고 몇 번이나 신신당부했기에 남궁유한이 필사적으로 참아냈던 것이다.

남궁유한이 짜증 섞인 어투로 말했다.

"앞으로… 이런 일 안 한다!"

복삼은 그 심정 잘 안다는 표정으로 답했다.

"그러기 위해서는 유능한 총관을 구해야겠지요. 자, 이제는 합비 유지들을 만나러 가셔야지요."

유만학과의 만남으로 분을 삭이지 못하고 있던 남궁유한이었으나 중요한 것은 확인할 자제력만은 남아 있었다.

"누구를 주의해야 하지?"

"다른 이들이야 합비에서 땅이나 돈푼깨나 가지고 있다는 전주나 상인들, 대지주들이니 별 신경 쓸 것 없습니다. 하지만 대륙전장(大陸錢莊) 합비 점장과 중원표국(中原鏢局) 합비 지부장, 장강수로십팔채의 안휘성 표파자(瓢把子), 그리고 강남 소금 밀거래를 움켜쥐고 있는 남염방(南鹽幫) 사람은 유의

해야겠지요."

무림세가라고 이슬만 먹고 살 수 있을 리 없다.

더욱이 수백 무인과 수천 식솔을 거느리고 있는 무림오대세가 정도의 커다란 규모라면 가문을 유지하기 위해서라도 거액의 은자가 필요할 것이다.

남궁세가가 중원의 차 사업을 꽉 움켜쥐고 있다면, 호남성 제갈세가는 중원제일의 전장인 대륙전장을 운영해 이문을 남기고 있다.

호북성 단목세가는 대륙 최대의 표국인 중원표국을 경영하고 있고, 사천당가는 중원의 약재 생산과 유통권을 광범위하게 장악하고 있었다.

하북성 하북팽가는 황실과 군부와 유착해 남염북마(南鹽北馬) 중 하나인 북마방(北馬幇)을 경영하는 동시에 군부에 병장기를 납품하는 독점권을 가지고 있었다.

이처럼 중원의 주요 산업을 틀어쥐고 막대한 이문을 남겨 상상도 하지 못할 재력을 가지고 있기에 무림오대세가인 것이다.

거기서 나오는 거액의 은자를 통해 가문의 내실을 다지고, 무림에 막강한 영향력을 행사하는 것.

사실 무림오대세가가 십만마교와 유별나게 으르렁거리는 것도 다 이런 주요 이권을 향해 십만마교가 끊임없이 이빨을 드러냈기 때문이다.

천하에서 다섯 손가락, 아니, 세 손가락 안에 드는 정보력을 가지고 있다는 하오문의 안휘성 지부장 복삼이 말했다.

"이자들은……."

그는 합비 유지 중 제갈세가, 단목세가의 녹을 먹는 이들과 장강수로십팔채 표파자, 남염방 방주 등에 대해 상세한 정보를 남궁유한에게 전했다.

그자는 어떤 성격이며, 무엇을 좋아하는지, 근심거리는 무엇인지, 심지어는 좋아하는 계집의 취향까지 상세한 정보를 유한에게 건넸다.

그 얘기를 다 듣고 난 유한이 인상을 쓰며 물었다.

"그것들이… 헛소리 나불대면 다 베어버릴까?"

벤다면 벤다.

허언을 하지 않는 남궁유한이다.

또한, 직전까지 합비부 지부 유만학에게 쌓였던 분이 아직 덜 풀려 극도로 위험한 상태.

"흐흐흐! 어지간하면 참으시지요. 그렇지 않아도 제갈세가와 단목세가 정예가 몰려오고 있는 마당인데요. 그리고 피도 볼 때 봐야지, 매일같이 피를 보면 그것들도 별 두려움을 느끼지 못할 것입니다. 볼 때는 화끈하게 보되, 자주 볼 필요는 없지요."

맞는 말이었다.

남궁유한이 고개를 끄덕이자 복삼이 말을 이어갔다.

"특히 남염방의 안휘성 염주(鹽主)는 유의하셔야 합니다. 염방 놈들이 워낙 거칠기도 하지만, 안휘성 염주는 보통 교활한 것이 아닙니다."

언제나 여유만만이던 복삼이 염주 얘기를 하면서는 짐짓 심각한 표정이었다.

"흥! 짜증나게 굴면 염주라는 작자의 대가리를 일단 날려버리고, 그런 연후에 몸통에서 잘린 대가리와 정겹게 얘기를 나누면 되겠지."

"그리 간단한 문제가 아닙니다. 남염방은 강남에서 가장 강력한 집단입니다. 소금 한 되에 철전 열 문을 주고 사서 육십 문에 파는 자들입니다. 또한 성을 넘지 못한다는 국법을 어기고 성 사이에 소금을 유통시키면 소금 원가의 수십 배 장사도 거뜬하지요."

"그런가?"

상거래에는 극히 어두운 남궁유한이었다.

소금 거래가 큰돈이 된다는 것쯤은 알고 있었으나, 그리도 많은 이문이 남는 것까지는 미처 알지 못했다.

"그런 이유로 남염방의 창고에는 은자가 산처럼 쌓여 있습니다. 그 이권을 빼앗기지 않기 위해서 무력을 갖추고, 썩어나는 은자로 또다시 무력을 확충했습니다. 남염방주가 마음만 먹으면 장강 이남의 세가고 문파고 모조리 하룻밤 만에 쓸어버릴 저력이 있습니다."

무림에는 남궁세가, 하북팽가, 제갈세가, 사천당가, 단목세가의 오대세가만 존재하는 것이 아니다.

산동 황보세가, 절강 모용세가, 광동 광동진가, 하남의 서문세가, 강소 신창양가 등, 쟁쟁한 전통 세가들이 있었다.

"흥!"

복삼은 심각한 어조로 말했지만 남궁유한은 코웃음을 쳤다.

염방 무리는 기본적으로 국법을 어기며 소금 밀매를 하는 자들이다.

그런 이들이기에 행사가 은밀할 수밖에 없고, 막대한 이문이 남는 이권을 빼앗기지 않기 위해 손속이 잔인할 수밖에 없다.

조정 입장에서 보면 염방 무리는 모두가 국법을 어기고 있는 범죄자. 그런 상황이었기에 염방은 철저한 점조직을 이루고 있었다.

조정에서 소금 밀매를 금지시켜 세수를 늘리려 해도, 도마뱀처럼 꼬리만 자르고 대가리는 살아남는 염방 무리를 도저히 소탕할 수 없었다.

그리고 염방의 최대 장점은 염방을 실제로 운영하고 있는 총염주의 신분이 장막에 가려져 있다는 것이다.

또한, 염방의 총단이 어디인지를 알 수가 없다는 점이었다.

'하지만 나는 안다. 천하대란이었던 정마대전에서는 신비

문파라는 봉황궁까지 세상사에 관여할 수밖에 없었으니. 남염방 또한 정파 쪽인지 마도련 쪽인지를 선택해야 했었으니까.'

지금은 아직 세력이 없어서 남염방과 굳이 불편한 관계를 가질 필요가 없다.

하지만 추후에 세력이 생기면 남염방 총단에 찾아가 총염주와 정겨운(?) 대화를 한번 나눠볼 생각이었다.

복삼에게 몇 가지 얘기를 더 들은 후 유한이 자리에서 일어섰다.

"들어갔다 오지."

유한은 합비 유지들이 모인 기루 내실로 향했다.

"소인은 얼굴 팔려봐야 좋을 것 없으니 다른 방에서 친목이나 다지고 있겠습니다."

"그러든가."

유한이 기루 내실 안으로 들어가자 열다섯 사람 정도가 술상을 두고 앉아 있었다.

대대로 합비는 물론 안휘성의 지배 가문이었던 남궁세가의 소가주가 들어서자 열다섯 중 열하나가 즉각 자리에서 일어섰다.

'훗! 넷이 일어서지 않았군. 남궁세가를 별로 개의치 않는다는 표현인가?'

유한은 일어선 열한 사람과 그의 등장을 일부러 무시하고 앉아 있는 네 사람을 번갈아 보며 말했다.

"내가 남궁세가 소가주 남궁유한이오."

쿵!

그는 그렇게 말하고는 곧바로 술상의 가장 상석에 앉았다.

간단한 인사라도 나누고 앉는 것이 예의였으나, 유한은 들어오자마자 바로 앉아버린 것이다.

그 모습에 모여 있던 사람들이 적잖이 당황하고 말았다.

그러나 그것으로 끝이 아니었다.

남궁유한이 거두절미하고 본론부터 꺼냈다.

"이제부터 합비와 안휘성은 남궁세가가 책임질 것이오. 관부는 관부의 일을, 민간의 일은 남궁세가가, 수백 년을 이어 내려온 그 질서를 회복할 생각이오."

다짜고짜 그렇게 선언하는 남궁유한을 보며 자리에 모인 유지들 전부가 또다시 당황했다.

그중 한 남자가 일어섰다.

"합비상회의 이손입니다. 소가주님, 일단 목이라도 축이시지요."

합비에서 가장 큰 상회를 운영하는 중년 상인 이손이 유한에게 술을 따르며 말했다.

"수백 년의 질서이니 그에 이의를 제기할 생각은 없습니다. 하지만 우리 상인들은 남궁세가가 그 질서를 유지할 힘이 있는지를 무척 궁금하게 생각하고 있습니다.”

그 말에 이손 외에도 상인 몇이 고개를 끄덕였다.

이손이 합비와 안휘성 상인 대표로 남궁세가 소가주에게 뜻을 전달하고 있는 듯 보였다.

“남궁세가의 힘을 입증하란 말인가?”

유한도 이손이 뜻하는 바가 무엇인지를 알아차렸다.

“……”

긍정을 의미하는 침묵이 내부에 짙게 깔렸다.

남궁유한이 코웃음을 치며 말했다.

“단기간 내에 안휘성의 질서를 어지럽힌 몇 개 문파를 정리할 생각이오.”

남궁유한이 호기롭게 말하자 곧바로 회의적인 반문이 돌아왔다.

“그것이 과연 가능할지……”

“일단 회남(淮南)의 삼천방, 무호(蕪瑚)의 회룡회, 둔계(屯溪)의 황산회를 징치할 예정이오.”

유한이 그렇게 말하며 술을 들이켰다.

그러자 그 자리에 있던 몇몇이 눈썹을 꿈틀거렸다.

남궁유한이 거론한 세 개 문파 모두 삼류방회였다.

그러나 삼천방은 제갈세가가, 회룡회는 단목세가가, 황산회는 장강수로십팔채가 뒷배를 봐주고 있는 곳이었다.

이 세 세력은 합비로는 흑사회의 눈치를 보느라 진출하지 못하고 있었으나 안휘성 내 다른 지역으로는 야금야금 잠식해 오고 있었다.

그 방회를 친다는 얘기는 곧 남궁세가가 제갈, 단목세가는 물론 장강수로십팔채와도 한번 해보겠다는 의미였다.

그렇기에 순간 좌중에 무거운 침묵이 내리깔린 것이다.

'헛소리다! 남궁세가에 그럴 힘이 있을 리가 없다. 아니, 그럴 힘이 있어 세 개의 중소 문파를 손봐줄 수 있다 해도 어찌 몰락한 남궁세가 따위가 제갈세가와 단목세가, 장강수로십팔채의 비위를 거스를 수 있단 말인가!'

'허풍이 심한 자이다!'

'남궁세가를 단기간 내에 정리했다 하여 어떤 인물인가 궁금해 와봤더니 허풍선이였구나.'

유지들은 남궁유한의 말을 헛소리로 치부하며 크게 실망했다.

그런데 어느 순간, 침묵을 깨는 여인의 웃음소리가 들려왔다.

"호호호! 소가주의 눈썰미가 제법이군요. 제 술 한잔 받으시지요."

본디 대단한 미인이었을 것이나, 왼쪽 뺨부터 목까지 이어지는 긴 검상이 나 있는 것이 흠인 젊은 여인이었다.

"남방의 안영(安英)이라 해요."

남염방 사람들은 보통 자신들을 남방(南幫)이라고 칭한다.

그렇다는 얘기는 이 젊은 여인이 남염방의 안휘성 염주라는 의미.

복삼이 특히 주의하라 했던 남염방의 염주 안영을 유한은 유심히 살폈다.

나이는 이십대 후반에서 삼십대 초반 정도?

눈이 크고 피부가 고운 것이 대단한 미인이었을 것임에 틀림없다.

"나는 남궁유한이다."

받은 술을 마시고는 안영에게 술을 권하며 유한이 말했다.

"소가주님 역시 구구절절하게 얘기하는 것은 질색하는 것 같군요."

남궁유한이 고개를 끄덕였다.

"요점만 말하죠. 우리 남방이 차려놓은 밥상에 남궁세가가 숟가락을 얹겠다고 달려들지만 않으면 우리 남방은 남궁세가의 질서를 인정하죠."

안영이 그러며 단숨에 술을 들이켰다.

"사실 대륙전장과 중원표국에서 우리 남방과 손을 잡자는 권유도 해왔죠. 남궁세가 따위, 깨끗이 밀어버리고 이곳을 알아서 나눠 갖자며."

안영은 아무렇지도 않게 말했지만 그것은 대단한 얘기였다.

이는 대륙전장과 중원표국의 뒷배를 봐주는 제갈세가와

단목세가가 남궁세가를 지워 버리겠다는 선전포고와 다름이 없었으니.

그러나 그 소리를 듣고도 남궁유한은 별로 놀라지 않았다.

꼭 보아야 아는 것이 아니며, 반드시 들어야 짐작할 수 있는 것이 아니다.

'그것들이 뒤에서 그런 짓거리를 할 것쯤은 능히 짐작할 수 있었다.'

미동도 보이지 않는 남궁유한을 안영이 호기심 가득한 시선으로 바라봤다.

'이 정도로는 눈썹 하나 까딱하지 않으신다? 호호호! 다른 것은 모르겠으나 배짱 하나는 두둑한가 보구나.'

그런데 그 소리에 대륙전장의 점장과 중원표국의 지부장이 바로 구겨진 종이처럼 인상을 구겼다.

두 사람 중 단목세가가 운영하는 중원표국의 연후상 지부장이 먼저 입을 열었다.

"질서는 오직 힘에 의해 유지되는 것, 우리는 남궁세가가 그런 힘을 가지고 있는지부터 확인해야겠소."

힘을 보이라는 것. 명백한 도발임과 동시에 당연한 요구였다.

"우리 대륙전장 역시 그에 동의하오."

대륙전장 안휘성 점장 주령이 연후상의 말에 힘을 보탰다.

그 두 사람을 보며 남궁유한이 웃었다.

그러더니 곧 묘한 미소를 지으며 장강수로십팔채의 안휘성 표파자 공량을 바라봤다.

"표파자, 나 남궁유한이 녹림왕을 만나고 싶다 전해라."

남궁세가 쪽에 서야 할지, 제갈과 단목세가 쪽에 서야 할지를 두고 설왕설래하던 장강수로십팔채의 표파자 공량이었다.

그런데 느닷없이 남궁세가 소가주가 녹림칠십이채와 장강수로십팔채 모두를 지배하고 있는 녹림왕을 보자 하니 그는 적잖이 놀랄 수밖에 없었다.

"이유를 물어도 되겠소이까?"

남궁유한이 술을 들이켜며 답했다.

"한번 만나서 사업 얘기나 같이 하자는 얘기지. 우리 남궁세가야 주력이 차 사업이니 녹림도와 그리 반목할 이유도 없지 않나? 녹림도와 얽히고설킨 것은 표물을 운송하는 중원표국일 것이고, 중원 천지에 은자를 쌓아두는 전장을 가지고 있는 대륙전장 아니겠나?"

의미심장한 미소를 지었다.

"대륙전장과 중원표국이 힘을 합쳐 우리 남궁세가와 한번 해보자는데 마땅히 우리 세가도 손잡을 곳을 찾아야 하지 않겠나?"

"그, 그 말은……."

의외의 제안에 공량이 말까지 더듬거렸다.

남궁유한이 연후상과 주령을 보며 썩은 미소를 날리더니 확실히 못을 박았다.

"표파자, 우리와 손잡고 대륙전장과 중원표국을 통째로 집어삼킵시다."

쿵!

그 소리에 이 자리에 모인 이들 모두가 크게 충격을 받았다.

'무슨 저런 터무니없는 소리를!'

녹림칠십이채와 장강수로십팔채가 마도인은 아니라 해도, 그들은 어디까지나 도적 떼가 아니던가?

그런 이들과 정파의 명문세가인 남궁세가가 손을 잡는다?

이 자리에 모인 이들은 자신들이 제대로 들은 것인지를 의심하며 연신 귀를 후볐다.

"호호호! 적의 적은 친구라? 대적(大敵)을 잡기 위해 소적(小敵)과는 얼마든지 손을 잡을 수 있다? 소가주님, 그럼 우리 남방과도 사업을 한번 같이 해보겠습니까?"

안영이 크게 웃으며 농처럼 그 말을 건넸다.

"훗! 무림세가가 구파일방처럼 대의명분에 얽매여 있는 것도 아니고, 세가는 본디 이권을 중시하는 세속의 집단! 손 못 잡을 것도 없겠지."

유한이 남염방 염주 안영과 잠시 의미심장한 눈빛을 교환했다.

그러더니 다시 장강수로십팔채의 표파자 공량을 바라봤다.

"나는 그대를 통해 내 의사를 전했다. 내가 공을 던졌으니 녹림왕이 어떻게 받을 것인지만 결정하면 되겠지."

그러며 대륙전장의 안휘성 점장 주령과 중원표국 지부장 연후상을 노려보며 말했다.

"모레면 단목세가의 묵풍대와 제갈세가의 귀령대가 합비 땅에 들어온다지? 그걸 믿고 이리도 오만방자하게 구는 건가?"

유한이 두 사람을 향해 순간 살기를 폭사시키며 말했다.

"남궁세가의 잃어버린 십 년은 앞으로 다가올 영광의 백 년을 위해 잠시 몸을 움츠렸던 시기일 뿐이다. 단목세가와 제갈세가에서 먼저 도발을 했으니 마땅히 대가를 치러야겠지. 앞으로 안휘성 내에서 대륙전장과 중원표국은 영업을 하지 못할 것이다. 남궁세가 소가주의 이름을 걸고 반드시 그리되도록 해주지."

무시무시한 살기를 뿜어내며 당장에라도 두 사람의 목을 날려 버릴 것 같은 기세인 유한이 말했다.

"남궁세가는 건재하다! 그리고 내가 남궁유한이다!"

쿵!

그리고 유한은 주먹으로 술상을 내려쳤다.

술상의 한 귀퉁이가 완전히 가루로 변해 버릴 정도로 대단한 위력이었다.

그런데 묘하게도 술상의 귀퉁이만 정확히 박살났을 뿐, 술상에 차려져 있던 음식들에는 흔들림조차 없었다.

어찌 보면 아무렇지도 않게 보일 수 있었지만, 저 동작 하나에는 무학의 오묘한 묘용이 담겨 있었다.

'사량발천근이나 이화접목과 같은 상승의 이치가 담겨 있다.'

힘을 순간적으로 분산시키고, 다른 힘을 자신의 힘처럼 사용하거나 자신의 힘을 다른 이에게 접목시킬 수도 있는 이치를 발해 술상 한 귀퉁이를 박살 낸 것이다.

남염방 염주 안영은 그것을 정확히 볼 수 있었다.

'무림오대세가끼리의 싸움이라……. 거의 일백 년 만인가? 이거 재미있게 됐군.'

명확히 적대 의사를 밝힌 남궁유한과 더 이상 나눌 얘기가 없어진 연후상과 주령은 동시에 자리에서 일어났다.

"이만 가보겠소이다."

그들이 그렇게 떠나려 하자 합비상회 주인 이손이 만류했다.

"이렇게 끝낼 자리가 아니지 않소이까? 일단 흥분을 가라앉히시오."

그러나 단목세가와 제갈세가를 등에 업고 있는 두 사람은 남궁유한에게 협박조로 말했다.

"후회하게 될 것이오. 같은 무림오대세가라 불리지만 제갈세가와 단목세가를 남궁세가 따위와 견주는 것은……."

남궁유한이 단박에 그 말을 자르며 웃었다.

"같이 견주는 것은 말도 안 되는 일이지, 곧 몰락할 제갈세가와 단목세가 따위를 이제 무적세가가 될 남궁세가와 같은 반열에 올려놓는 것은! 하하하!"

남궁유한은 크게 웃었다.

"명심해라. 이 싸움은 제갈세가와 단목세가가 먼저 건 것이다. 그로 인해 세가 사이의 평화시대는 끝났다!"

남궁세가, 하북팽가, 제갈세가, 단목세가, 그리고 사천당가가 주도한 일백 년 동안 지속된 오대세가시대의 종말은 이렇게 시작됐다.

오대세가의 평화시대!

다섯 무림세가는 서로의 영역을 존중하며, 자신들을 위협할 만한 다른 세가나 세력에 대해서는 함께 철저히 찍어 누르는 공동 보조를 취해왔다.

그 세월이 무려 일백 년이었으며, 이를 '오대세가의 평화시대'라 일컬었다.

그런데 남궁세가 소가주 남궁유한이 등장하면서 그 평화시대에 종말을 고하려 하고 있었다.

객관적으로 보면 제갈과 단목세가와는 상대가 안 될 것이 분명한데도, 남궁세가 소가주 남궁유한은 무척 즐거운 듯 웃고 있었다.

그런 그를 보며 안영이 은은한 미소를 지었다.

'남궁세가 소가주는 무슨 패를 쥐고 있기에 저리도 자신만만한 것인가.'

안영은 특별한 패를 쥐고 있기에 저리도 자신만만한 것이라고 생각했다.

그러나 실상 그런 패 따위는 없다.

남궁세가에는 그저 남궁유한이라는 최강의 패만이 존재할 뿐이었으니.

연후상과 주령이 떠난 후에도 술자리는 계속됐다.

그러나 남아 있는 이들 중 제갈세가와 단목세가의 눈치를 볼 필요가 없는 장강수로십팔채의 표파자 공량과 남염방 염주 안영을 제외하고는 모두가 좌불안석이었다.

그런 그들을 보며 유한이 말했다.

"어차피 당신들이야 결국 이기는 쪽에 붙으면 될 일 아니겠나? 며칠 안으로 합비 땅의 승부가 가려질 것이니 그동안만 숨죽이고 기다리시오."

합비의 대지주, 전주, 상인들에게 도움을 받고 싶지도, 받을 수도 없다.

상대가 천하의 제갈세가와 단목세가였으니.

게다가 이것은 어디까지나 오대세가끼리의 싸움, 저들은 그저 눈치나 보고 있다가 승리한 쪽에 철저히 복종하면 그만인 것이다.

술을 마시는지 독약을 마시는지 모를 이 자리에서 유이(唯二)하게 제대로 술맛을 즐기고 있던 염주 안영이 잠시 내실을 나왔다.

'안휘성은 강북과 강남을 잇는 요충지, 우리 방의 사업에 있어서도 중요한 지역 중 하나다. 어느 쪽이라도 일방적으로 승리하는 결과로 끝이 나서는 안 된다. 거대 세가의 눈치를 보면서 우리 사업을 하는 것은 아무래도 껄끄러울 것이니. 가장 좋은 결말은 양패구상이나 그에 근접한 결과. 그렇다면 역시나 약세인 남궁세가 쪽에 힘을 보태야 하는 것인가.'

안휘성 염주 안영은 머리를 굴리기 시작했다.

"소가주님, 창룡대 준비됐습니다!"

불구의 몸인 남궁세가 총사 조량이 남궁세가의 상징인 청의에 청풍의로도 불리는 피풍의를 등에 휘날리며 세가 광장에 서 있었다.

그는 청의 안에 수호갑까지 갖춰 입고, 등에는 남궁세가 검객임을 의미하는 청죽고검을 차고 있었다.

외다리라 손에 지팡이만 들고 있지 않았다면 지금 당장 혈투에 뛰어들어도 전혀 이상하지 않은 무인의 모습이었다.

조량의 뒤로 이십 명의 세가 청년들, 새로 창룡대에 편입된 무사들이 조량과 동일한 복장으로 정렬해 있었다.

그런데 그들은 입고 있는 청의와 극명히 대비되는 핏빛 건을 이마에 두르고 있었다.

그것은 남궁세가가 대적을 맞이해 생사의 승부를 지을 때만 착용하는 '투혼건(鬪魂巾)'이었다.

자신들이 얼마나 도움이 될지는 모르나 세가에 대적이 몰려오는 상황에서 기꺼이 한목숨 바칠 각오로 투혼건까지 두르고 나온 것이었다.

창룡대 무사들은 소가주 남궁유한을 보더니 일제히 허리를 숙였다.

"소가주님을 뵙습니다."

유한은 그들을 보며 가볍게 고개를 숙이더니 광장 중앙에 마련된 백호 가죽이 깔린 태사의에 턱하니 앉았다.

그러자 온몸을 흑의로 두르고 있는 일곱 명이 남궁유한의 뒤로 시립했다.

신폭풍대의 칠 인이었다.

그중 복삼이 투덜거렸다.

"이거 꼭 이런 옷을 입어야 하오?"

불만은 검광 곽상 역시 마찬가지였다.

그러나 그리 말이 많지 않은 그답게 가볍게 코웃음을 치고 말 뿐이었다.

물론 예순이 넘어 온몸을 흑의로 두르고 있는 수호검 진교, 진 노인은 이 무슨 짓이냐 싶기도 했다.

그런데 대신 아평과 아소 형제는 이 흑의를 정말 마음에 들어했다.

상질의 비단옷인 데다 윤기가 절로 흘렀다. 게다가 왼쪽 가슴에 은실로 수놓아져 있는 '폭풍(暴風)'이라는 글귀 역시 더할 나위 없이 멋졌다.

향후에는 특별한 장비마저 착용하게 된다 하니 가슴이 벅차오르는 것은 어쩔 수가 없었다.

하지만 두 소년의 낭만적인 환상과는 달리 광장 안의 분위기는 험악하기 그지없었다.

이들은 지금 한 식경 후면 도착한다는 단목세가의 묵풍대와 제갈세가의 귀령대를 맞이할 예정이었다.

대화로 끝이 난다면 별일없을 것이나, 그들이 끝내 이빨을 드러낸다면 이곳에 모인 마지막 한 사람의 숨이 끊길 때까지 싸울 것이다.

의기는 넘쳤으나 아직은 실력이 모자란 창룡대 젊은 무인들이었기에 그들의 얼굴에는 긴장감이 어려 있었다.

그런 창룡대를 보며 남궁유한이 미소를 지었다.

"두려워할 것도 긴장할 것도 없다. 최악의 경우에라도 고작 죽기밖에 더하겠는가?"

죽음의 의미는 결코 가벼운 것이 아니다.

그 누구보다도 많은 죽음을 목격한 남궁유한이기에 그 사실을 너무나 잘 알고 있었다.

그러나 정마대전의 혈로를 뚫으며 살아온 그에게 죽음은 언젠가는 누구나 맞게 될 조용한 사건, 그 이상도 이하도 아니었다.

'나도 죽고, 그 위대한 교주마저도 죽는다. 세상 누구나 죽게 되지.'

제아무리 발버둥 친다 해도 한 번 태어난 이상 죽음을 피할 수는 없는 일.

어떻게 사느냐도 중요하나, 어찌 죽느냐도 중요한 일이었다.

남궁유한은 태사의에 걸치고 있는 왼쪽 무릎 위로 삐딱하게 오른손을 얹어놓더니 말했다.

"남의 것을 탐내는 개자식들은 시궁창에 처박는다. 그것도 아주 잘게 다진 후에."

꿀꺽!

창룡대 무사들이 마른침을 삼켰다.

그리고는 남궁유한이 오른손을 하늘로 번쩍 들었다.

"내가 죽어 가문이 무엇을 얻는가?"

무사들이 크게 답했다.

"백세(百歲)의 평화입니다!"

"내 혼이 살아 가문이 무엇을 얻는가?"

"천세(千歲)의 영광입니다!"

"우리가 검을 들어 가문은 무엇을 얻는가?"

젊은 무사들이 청죽고검을 힘껏 움켜쥐며 창공을 향해 소리쳤다.

"고금제일 천추무적 남궁세가!"

투지 넘치는 청년 무사들의 목소리카 세가의 광장에 쩌렁쩌렁하게 울려 퍼졌다.

남궁유한은 두 주먹을 불끈 쥐었다.

"남궁혼(南宮魂)이 깃든 이 영웅의를 잊지 마라!"

고금제일(古今第一) 천추무적(千秋無敵)!

남궁세가가 대적과의 결전을 앞두고 외치게 되는 일종의 맹세인 '영웅의(英雄意)'의 대표적인 문구.

영웅의 중 고금제일 천추무적을 외친 창룡대 청년 무사들의 가슴이 절로 뜨거워졌다.

'우리가 남궁세가다!'

'내가 죽어 세가에 백세의 평화, 천세의 영광, 만세의 이름을 얻으리라!'

지금 이 순간 청색의 물결 위에서 남궁혼이 강렬하게 불타오르고 있었다.

'왠지 나 역시 태어날 때부터 남궁세가 사람이었던 것만 같군.'

투지에 불타는 청년 무사들을 보며 남궁유한은 생각했다.

자신은 어디까지나 마인. 연인 소소와의 인연이 있었다 해도 그는 남궁세가 사람이 아니었다.

그러나 청년의 뜨거움, 무인의 단호한 결의는 정과 마을 초
월해 모두의 심금을 울렸다.

그것에 남궁유한조차 어느덧 동화돼 있었다.

그리고 얼마 후, 남궁세가 정문을 통해 단목세가의 묵풍대
와 제갈세가의 귀령대가 살벌한 기세를 풍기며 빠르게 걸어
들어왔다.

"그대가 남궁유한인가?"

뒤편에 단목세가의 정예인 묵풍대 일백을 도열시킨 채 단
목대운이 거만하게 물었다.

"훗!"

남궁유한은 삐딱한 자세로 호화로운 태사의에 앉아 그저
한 번 비웃었다.

자신이 물었음에도 남궁유한이 대꾸조차 하지 않자 단목
대운은 화가 나기 시작했다.

'족보도 없는 허수아비가 감히 나 단목대운을 어찌 보고!'

"이자가!"

단목대운의 얼굴이 더할 나위 없이 붉어졌다.

스윽!

남궁유한은 턱에 손을 괸 채로 고개를 좌우로 돌렸다.

그러나 여전히 말이 없었다.

"감히 내가 누구인 줄 알고!"

단목대운이 크게 호통을 쳤다.

그러자 그때서야 남궁유한이 고개를 들어 단목대운을 바라봤다.

그리고는 천연덕스러운 표정으로 물었다.

"그래서 누군데?"

"어설픈 격장지계를!"

단목대운은 남궁유한이 자신을 격동시키려는 의도인 것으로 지레짐작했다.

그런데,

"난 정말 모른다. 내 앞에서 시끄럽게 짖고 있는 너의 이름을."

남궁유한의 표정 자체도 네가 누구인지 나는 당최 모르겠다는 표정.

그리고 실제로도 알지 못했다.

그러자 묵풍대에 뒤섞여 있던 청년 하나가 앞으로 나섰다.

현 단목세가주 단목대풍의 차남인 단목룡이었다.

그가 묵풍대와 제갈세가의 귀령대 무사들을 향해 소리쳤다.

"저자가 실성한 것이 틀림없습니다! 천하의 유성검 단목대운 대협을 모르는 자가 있다니, 그자가 제정신이겠습니까?"

"하하하하!"

그러자 두 세가의 정예 무사들이 크게 웃었다.

"저런 자가 남궁세가의 소가주입네 하며 어릿광대 놀음을 하고 있다니 우습기 그지없구나!"

"허수아비를 내세우려면 최소한 머리에 든 것이 있는 자를 내세워야 할 것이 아닌가!"

그들 생각으로도 칼밥을 먹는 자치고 유성검 단목대운을 모른다는 것은 말도 안 됐다.

그러나 남궁유한은 태연자약했다.

"그랬나? 저자가 단목대운이라는 자였어? 어쩐지 다른 자들보다 유달리 시끄럽다 했지."

그러자 묵풍대 무사들이 크게 흥분했다.

"저 실성한 자가 감히 어디서 저런 망발을!"

"죽고 싶으냐?"

"대주님, 명령만 내려주십시오. 남궁세가고 저 미친 소가주고 당장에 쓸어버리겠습니다!"

광장 전체가 다 울릴 정도로 시끄럽게 외쳐 대는 묵풍대 무인들의 고함을 들으며 남궁유한이 귀를 후볐다.

"시끄럽구나. 곽상, 시끄럽게 지저귀는 것들 주둥이 좀 막아라."

그러자 언제나 품에 마검 장한을 안고 있는 곽상이 말없이 앞으로 나섰다.

곽상이 단목세가 묵풍대를 잠시 바라보더니 말했다.

"…모조리 베어도 됩니까?"

그러자 오히려 남궁유한이 반문했다.

"홍! 죽이지 못할 이유라도 있는가?"

곽상이 희미한 미소를 지었다.

"그러시다면."

스르릉!

곽상이 품에 안고 있는 마검 장한을 뽑았다.

그러자 시리도록 예리한 검광이 광장 내부를 화살처럼 관통해 갔다.

"흑흑흑! 흑흑흑!"

착각이었을까, 환청이었을까?

마검 장한이 뽑히자마자 이승에서 처절한 원한을 품고 죽은 것만 같은 여귀(女鬼)의 흐느낌이 들리기 시작했다.

대낮에 들리는 여귀의 흐느낌. 그것만으로도 광장에 모인 모든 이의 솜털이 솟을 정도로 오싹함을 느끼게 만들었다.

'무, 무언가?'

단목세가의 묵풍대는 물론 남궁세가 창룡대의 청년 무사들까지 크게 놀라 곽상을 바라봤다.

마검 장한을 뽑은 것만으로도 광장 전체가 싸늘하게 얼어붙어 버린 상황에서 문사풍의 사내가 앞으로 나섰다.

제갈세가의 귀령대주 제갈문도였다.

"마검 장한! 아니, 정확히는 귀검(鬼劍) 장한!"

장한의 정체를 정확히 알고 있는 제갈문도였다.

곽상 역시 마검 장한의 정체를 한눈에 알아보는 제갈문도를 바라봤다.

그 시선을 느끼며 제갈문도가 속으로 생각했다.

'흠, 마검 장한의 주인이라면… 저자가 바로 검광 곽상이라는 말이군. 그런데 검광이 대체 왜 남궁세가에 있는 것인가?'

제갈문도가 머리를 굴리기 시작했다.

검광 곽상이라면 천하십대검객 중 한 사람. 어쩌면 천하에서 다섯 손가락 안에 들지도 모를 엄청난 검객이었다.

화산파 편액에 침을 뱉고 종남파 장문인의 팔을 잘라 미치광이 소리까지 듣지만, 그 실력만은 진국인 인물.

게다가 곽상 뒤편에 말없이 서 있는 노인.

'범상치 않다, 범상치 않아.'

제갈문도의 안목은 극히 뛰어났다.

진 노인이 기세를 죽이고 있음에도 제갈문도의 예리한 안목마저 속일 수는 없었다.

그에게는 특별한 눈이 있었기 때문이다.

'그리고 소가주!'

은은한 갈색빛이 감도는 제갈문도의 특별한 눈이 순간 이채를 띠기 시작했다.

'…역시나 쉽지 않겠다. 남궁세가는 남궁세가라는 건가?'

단목세가의 단목대운은 몰락한 남궁세가 따위, 어린아이 손목 비틀 듯 제압할 수 있다 자신을 했다.

그러나 제갈문도는 애당초 그와는 생각이 전혀 달랐다.

천년세가의 이름은 결코 경시할 것이 아니며, 그 세월만 한 저력이 있을 터이다.

'일단은 대화로. 그도 안 된다면 힘으로!'

제갈문도 역시 남궁세가가 들리는 소문처럼 형편없이 몰락했다면 간단히 힘으로 해결할 생각이었다.

그러나 마주하고 보니 범상치 않은 인물들이 보였다.

저들을 제압하려면 적지 않은 피를 흘려야 할 터.

대화로 해결할 수 있는 일에 쓸데없이 피를 흘리는 것은 제갈세가의 성향이 아니었다.

"잠시만 기다려 주시오. 나는 제갈세가의 귀령대주 제갈문도라 하오."

그가 자신의 신분을 밝히자 당장에라도 부딪칠 것 같던 단목세가 묵풍대와 곽상이 잠시 멈칫했다.

그때를 놓치지 않고 제갈문도가 크게 소리쳤다.

"우리는 싸움을 하고자 하는 것이 아니라 두 가지를 알아보고자 온 것이오! 소가주는 그에 답해줄 수 있겠소?"

제갈문도의 시선이 남궁유한에게 향했다.

그러나 남궁유한은 그 시선에 답하지 않았다.

대신 총사 조량에게 말했다.

"조 총사, 그대가 답하도록!"

"알겠습니다."

한 손에 지팡이를 든 조량이 앞으로 나섰다.

그러자 소가주 남궁유한과 직접 담판을 짓고 싶었던 제갈문도가 미간을 찌푸렸다.

사실 조량이 남궁세가 총사가 됐다 하지만 무림에서의 명성이나 실력으로 따져 보면 제갈문도와는 비교가 안 되는 인물이었다.

귀영사 제갈문도 하면 강호 어디를 가든 크게 대접을 받는 인물로, 오대세가 내에서도 그 위상이 작지 않은 인물이었다.

"이것은 비례(非禮)입니다. 숙부님께서 소가주에게 정중히 물었습니다. 그런데 그에 답하지 않고 다른 이를 내세우다니요."

금설매 제갈연하가 나섰다.

"더욱이 손님이 왔는데 주인이 자리에서 일어나지도 않다니요. 이는 크나큰 무례입니다."

지금껏 태사의에 앉아 거드름만 피우고 있는 것처럼 보이는 남궁유한을 은근히 질책하는 말이었다.

"맞습니다. 존장을 대하고도 저런 태도라니… 쯧쯧! 남궁세가 소가주의 그 신분 내력이 의심스럽다더니……."

제갈연하의 말에 맞장구를 치고자 단목룡이 나섰다.

"무슨 개소리냐? 너희들 따위가 감히 우리 세가 소가주님의 신분 내력 운운하다니! 죽고 싶은 것이냐?'

창룡대 청년 무사 전성이 분을 참지 못하고 소리쳤다.

그러나 단목룡은 비열한 미소를 지으며 말했다.

"어디서 굴러먹다 온 종자인지도 모르는 저자와는 더 할 얘기가 없소. 당혜 태상부인이나 남궁아연 소공녀와 얘기를 나누고 싶소이다. 남궁세가는 그 두 사람이 대표하고 있지 않소?"

단목대운이 추가로 덧붙였다.

"또한 남궁세가의 안주인인 단목주혜와도 얘기를 나눌 것이다! 주혜를 당장 대령해라! 그렇지 않으면 남궁세가는 오늘 커다란 곤경에 처할 것이다!"

단목대운과 단목룡이 흥분하며 남궁세가를 핍박하기 시작하자 제갈문도가 정리를 시도했다.

"우리가 원하는 바는 두 가지요. 첫째는 오대세가 회합에서 남궁세가 소가주의 내력을 검증하는 것, 둘째는 남궁세가 안주인인 단목 부인의 신분을 회복해 줄 것, 이 두 가지요. 이것만 받아들인다면 우리는 당장이라도 물러갈 것이오."

지난 백 년은 오대세가의 평화시대였다.

오대세가의 가주는 각 세가에서 결정하지만, 정식으로 세가주의 위에 오르는 것은 오대세가 회합인 오룡제(五龍祭)에서 승인하는 형식을 취하고 있었다.

오대세가 중심의 폐쇄적인 체제를 공고히 하고, 다른 세가의 도전을 용납지 않기 위한 것이었다.

그런데 오룡제에서는 이제껏 각 세가에서 내세운 가주에

대해 한 번도 이의를 제기하지 않았다.

아무리 오대세가의 공동 보조가 중요하다지만 세가의 가주 위에 대해 다른 세가의 참견까지 용납할 리 없었기 때문이다.

그런데 지금 제갈문도가 오룡제를 거론하며 남궁세가 소가주의 내력까지 검증하겠다는 것이다.

이는 세가의 자존심과 위상에 관련된 일. 절대 받아들일 수 없는 조건이었다.

"게다가 더러운 창녀인 단목주혜까지 내달라……. 헛소리도 이런 헛소리가 없군. 흥!"

남궁유한이 제갈문도에게 그렇게 말했다.

제갈문도는 자신의 말을 단박에 헛소리로 치부해 버리는 남궁유한에게 화가 났다.

그러나 그는 제갈세가 사람답게 평정심을 유지하며 말했다.

"받아들이지 않겠다는 뜻이오?"

남궁유한은 이번에도 제갈문도의 말에 대꾸하지 않고 조량 총사를 바라봤다.

조량이 말했다.

"당연하오. 다른 네 세가가 감히 남궁세가의 소가주님을 강제로 끌고 가 검증을 하겠다는 것이오? 게다가 세가에 대죄를 지어 죽어 마땅한 단목주혜를 내달라? 개소리! 개소리요!"

그러자 단목대운이 크게 흥분하며 소리쳤다.

"주혜가 죄를 지었다는 증거가 있더냐? 남궁세가에서 꾸민 함정에 빠져 억울한 일을 겪고 있다 들었다. 죄없는 주혜를 당장 풀어줘라!"

단목대운은 자신의 동생이기도 한 단목주혜의 무고함을 주장했다. 그는 철석같이 그녀의 무죄를 믿고 있었다.

저 사악한 남궁세가 것들이 죄없는 주혜를 모함하고 있다고 생각했다.

"너희들과는 더 할 얘기가 없다! 당혜 태상부인과 남궁아연 소공녀를 만나서 얘기할 것이다!"

단목대운이 그리 주장할 때였다.

남궁세가 정문에서 광장으로 이어지는 문이 활짝 열렸다.

그리고는 한 사내가 걸어 들어왔다.

"나 역시 연 매를 만나고 싶고, 태상부인에게 문후 여쭈고 싶습니다."

입에 갈댓잎 하나를 물고 자근자근 씹고 있는 미남 청년이 한 자루 대도를 어깨에 삐딱하게 걸치고 있었다.

그 의외의 등장에 광장에 모여 있던 사람들이 크게 놀라 일제히 소리쳤다.

"팽강 대공자!"

"팽강!"

"팽 소협."

전혀 의외의 상황에서 하북팽가의 대공자 팽강이 등장했기에 그 놀람은 더욱 컸다.

그리고,

우당탕! 우당탕!

광장으로 통하는 문이 활짝 열리더니 병장기로 중무장하고 있는 일백의 사내들이 우르르 몰려들었다.

그들은 지금 당장 큰 싸움이라도 치를 것 같은 흉흉한 기세를 뿜어대고 있었다.

그리고 그들의 살기는 무척 위협적이었다.

이런 사내들을 선두에서 이끌고 있는 것은 안색이 창백하고 몸을 비틀거리고 있어 몸 상태가 정상이 아닌 것 같은 흉악한 인상의 사내였다.

그는 태사의에 앉아 있는 남궁유한을 잠시 바라보더니 바닥에 무릎을 꿇었다.

"남궁세가 흑룡대주(黑龍隊主) 주오, 소가주의 명을 받들고 왔습니다!"

흑사회주 주오였다.

그가 자신을 남궁세가 흑룡대주라 칭하자 그를 따라온 일백의 사내들이 일제히 바닥에 무릎을 꿇으며 소리쳤다.

"소가주님의 명을 받들고 일백 흑룡대 전원 집결했습니다! 명만 내려주십시오. 활활 타오르고 있는 불속이라도 마다 않고 뛰어들겠습니다!"

곧이어 주오가 단목세가의 묵풍대와 제갈세가의 귀령대에게 들으라는 듯이 위협적으로 소리쳤다.

"세가 외곽을 오백의 무사들이 철통같이 에워싸고 있습니다. 명만 내려주십시오. 세가를 핍박하는 것들을 모조리 쓸어버리겠습니다!"

그 소리를 듣더니 남궁유한이 비릿한 미소를 지으며 단목대운과 제갈문도에게 말했다.

"어떻소? 오늘 한번 해보시겠소?"

"……."

제갈문도는 의외의 상황에 크게 놀라 일순 말문이 막혀 버렸다.

그런 제갈문도를 보며 남궁유한이 짧게 말했다.

"남궁유한이 이끄는 남궁세가는 이런 곳이오!"

第二章　세가쟁투

無敵世家

광장을 가로질러 팽강이 걸어왔다.

팽강이 걸어오자 남궁세가 사람들을 포위하듯 둘러싸고 있던 단목세가 묵풍대와 제갈세가 귀령대 무인들이 앞을 가로막았다.

그러자 팽강이 크게 웃었다.

"하하하! 요즘 단목세가와 제갈세가가 손발이 잘 맞는다는 소문이 들리던데 그것이 사실이었나 봅니다."

그러자 제갈문도가 유독 민감하게 반응했다.

"대공자, 그저 오대세가끼리는 화목하게 지내자는 것이네."

“그렇습니까? 그런데 같은 오대세가인 이곳 남궁세가에 와서는 왜 이리도 흉흉한 기세를 뿜어내십니까?”

도발을 하려는 팽강에 맞서 제갈문도가 노련하게 답했다.

“허허! 흉흉한 기세라니, 그럴 리가 있겠는가? 그저 이치를 따질 것이 있어 잠시 방문한 것이라네. 팽 가주께서는 평안하시지?”

“물론이지요. 그런데 아버님께서 지나가는 말로 이리 말하시더이다. 요즘 남궁세가가 힘든 것 같은데 우리가 한 손 거들어야 하는 것 아니냐고 말입니다. 하하하!”

그 소리에 제갈문도가 흠칫 놀랐다.

‘저 무슨 소리인가? 그간 서로를 개 닭 보듯 하던 팽가와 남궁가가 손이라도 잡겠다는 것인가? 설마……’

“그런데 제 앞길을 계속 막고 계실 것입니까?”

그러자 단목대운이 불쾌한 표정으로 말했다.

“대공자, 이는 팽가가 상관할 일이 아니네. 어디까지나 우리와 남궁가 사이의 일이네.”

하북팽가가 당대에 천하제일세가 소리를 듣고 있다지만 단목세가와 제갈세가를 동시에 상대할 수 있을 리는 없었다.

더군다나 팽강은 혈혈단신, 이 자리에서만큼은 전혀 꿀릴 이유가 없었다.

“팽 형, 오늘은 물러가시지요. 자칫 세인들이 팽가의 대공자는 낄 곳 안 낄 곳 모르는 자라는 소문이 돌까 무섭습니다.”

단목룡이 질투의 불길을 활활 태우며 말했다.

같은 오대세가 자손에 연배도 비슷한 것이 팽강과 단목룡이었다.

그러나 팽강은 하북팽가의 대공자이며 팽가인 전체가 보물처럼 생각하는 인물.

차남으로 태어나 단목세가의 차기 가주 자리와는 처음부터 담을 쌓고 살아야 했던 불운을 타고난 단목룡이 질투할 수밖에 없었다.

게다가 어린 시절부터 천재 소리를 들어온 팽강과 자질이 평범하다는 소리만 들어온 단목룡.

단목룡은 그런 이유로 팽강을 질투하고 있었다.

"그런가?"

팽강이 미소를 지으며 단목룡을 바라봤다.

"이곳은 안휘성이지 하북성이 아니오. 폭렬도라는 이름을 얻고 있다 하나 팽 형이 혈혈단신으로 묵풍대와 귀령대가 막고 있는 길을 뚫을 수 있을 거라고는 믿지 않소."

묵풍대와 귀령대를 등에 업고 있는 단목룡은 자신만만했다.

이 자리에서만은 자신이 팽강에 비해 압도적인 우위를 점하고 있다 믿었다.

"그렇게… 생각하나?"

휙!

팽강이 오른손을 들었다.

그러자,

탁! 타타탁! 타타타탁!

휙! 휘이익! 휘이이익!

광장 담벼락 너머 하늘 위로 온몸을 흑의로 두르고 있는 서른여섯 명의 도객이 옷자락을 휘날리며 뛰어오르기 시작했다.

쉭! 쉬익! 쉬이익!

그들은 거세게 바람을 가르며 공중을 날아오더니 팽강을 중심으로 도열했다.

그들을 본 제갈문도가 외마디 탄성을 질렀다.

"광풍삼십육도객(狂風三十六刀客)!"

하북팽가에는 천하가 두려워하는 네 무리의 도객이 있다.

하북팽가의 자존심인 네 가닥 바람[風]!

폭풍(暴風), 질풍(疾風), 은풍(隱風), 그리고 광풍(狂風)!

각기 서른여섯의 도객들로 구성된 이 네 무리는 오늘의 하북팽가를 있게 한 정예 중의 정예였다.

그중 하나인 광풍삼십육도객이 등장해 팽강을 호위하듯 도열해 있는 것이다.

"누가 팽가의 대공자를 혼자라 했는가? 우리 광풍삼십육도객이 이렇듯 대공자를 따르고 있는데!"

부리부리한 호목에 텁수룩하게 수염을 기르고 있는 중년

사내가 크게 소리쳤다.

그를 보며 팽강이 말했다.

"상호평 수객(首客)께서는 그저 지켜만 보시면 될 듯합니다. 그간의 연이 있는데 설마 제갈세가가 우리 팽가와 분란을 일으키기야 하겠습니까? 그렇지 않습니까, 제갈문도 대주님?"

광풍삼십육도객의 수객인 상호평이 호기롭게 소리쳤다.

"설사 그렇게 된다 해도 두렵지 않소이다. 세상에 그 무엇이 있어 팽가인들을 두렵게 할 수 있단 말이오?"

저 둘을 보는 제갈문도는 심한 의문에 휩싸이기 시작했다.

'팽강이야 그렇다 쳐도 광풍삼십육도객까지 딸려 보낸 팽가는 대체 무슨 생각이란 말인가? 팽가 역시 남궁세가의 남궁아연과의 혼인을 탐탁지 않게 생각할 텐데……'

그런데 막상 팽가가 남궁세가 손을 들어주는 것을 보니 당최 팽가의 생각을 알 수가 없었다.

'어쩐다……'

남궁세가의 흑룡대라고 밝힌 일백의 무사들은 절정은 아니더라도 능히 일류나 이류 정도는 돼 보이는 이들이었다.

게다가 남궁세가 외곽을 오백이나 되는 무인이 에워싸고 있는 상황.

그리고 하북팽가의 광풍삼십육도객까지라……

'일이 갈수록 어려워지는구나. 일단은 세 치 혓바닥으로

일을 풀어볼 수밖에.'

"대공자, 제갈세가가 그럴 리가 있겠소? 귀령대는 팽 대공자에게 길을 내어주어라!"

제갈문도의 명이 떨어지자 귀령대 무인들이 팽강에게 길을 비켜줬다.

"감사합니다."

팽강이 제갈문도에게 포권을 하더니 그 길을 따라 금세 남궁유한 앞에 섰다.

팽강은 남궁유한을 바라보며 말했다.

"하하하! 아연의 숙부 되신다지요? 소생, 팽씨 성에 강이란 이름을 쓰는 무명소졸입니다."

팽강이 남궁유한에게 포권을 하며 자신을 소개했다.

남궁유한은 보기 드문 절세미남의 얼굴에 빼어난 기상을 뽐내며 그로서도 가벼이 볼 수 없는 기세를 풍기는 팽강을 바라봤다.

'아연의 정혼자가 이 사내였던가? 나쁘지는 않구나. 둘이 잘 어울리는구나.'

그렇게 생각하면서도 가슴 한구석이 씁쓸해지는 것을 느꼈다.

"내가 남궁유한이다."

"처음 뵙습니다."

남궁유한과 폭렬도 팽강은 이렇게 처음 만났다.

잠시 팽강과 눈을 마주친 남궁유한이 태사의에 삐딱하게 앉은 채 단목대운과 제갈문도를 바라봤다.

"나를 끌고 가고 싶다고? 그대들에게 그럴 힘이 있을까?"

그러며 덧붙였다.

"힘이 있다면 단목주혜 또한 그대들이 복권시켜라. 힘이 없다면 시끄럽게 굴지 말고 당장 남궁세가를 떠나고!"

쿵!

남궁유한이 군자검을 검집 그대로 청석 바닥에 부딪쳤다.

남궁유한과 단목대운의 사이로 당장에라도 한판 붙을 것 같은 흉흉한 기세가 감돌자 제갈문도가 나서며 세 치 혀를 놀렸다.

"한 가지 묻겠소. 소가주는 왜 단목 부인을 유폐시킨 것이오?"

"더러운 수작을 부렸다."

"더러운 수작? 나는 이해를 못하겠소. 단목 부인이 대체 무슨 일을 벌였다는 말이오?"

제갈문도 역시 소문을 들어 알고 있었다.

단목주혜가 소가주와 남궁아연의 찻잔에 음약을 탄 사실을.

그러나 제갈문도는 그 사실을 끝까지 모른 체했다.

"무슨 헛소리요? 세상이 다 알고 있는 일인데."

사정을 상세히 알고 있는 남궁세가 총사 조량이 바로 발끈했다.

"허허! 믿을 수가 없소이다. 증인은 있소? 증거는 있소이까? 있다면 당장 대령해 주시오. 증인과 증거만 확실하다면 우리 제갈세가는 그 일에 대해서는 더 이상 왈가왈부하지 않을 생각이오."

그러나 증인이 될 만한 이들은 이미 모두 도망을 친 상태. 그리고 증거라 할 것이 남아 있을 리 없었다.

태상부인 당혜가 직접 목격했고, 남궁아연이 직접 당한 일이기에 증인이나 증거는 필요조차 없다 여긴 일이었다.

"다시 묻겠소? 증거는 있소? 증인은 있소?"

"……."

발끈했던 조량이었으나 그 물음에는 꿀 먹은 벙어리가 될 수밖에 없었다.

"허~! 이런 난감한 일이 있나? 증거도 없고 증인도 없다? 혹 남궁세가에서 단목 부인을 모함한 것이 아니오니까? 듣자 하니 단목 부인이 유폐됐을 뿐만 아니라 여인으로서는 차마 입에 담기 힘든 모욕까지 당하고 있다 들었소."

"이, 이……!"

명명백백한 일을 세 치 혀로 진실을 호도할 뿐만 아니라 도리어 남궁세가에 책임을 물으려 했다.

단목룡이 흥분하며 나섰다.

"너희 남궁세가가 정숙하기로 소문난 단목 고모님을 그리

대할 수 있단 말이냐? 말도 안 되는 누명까지 씌워서! 남궁세가가 그리 비열한 짓을 꾸미고서도 세상에 고개를 들 수 있다 생각하는가?"

단목세가 묵풍대 무사들도 이에 동조했다.

"죄없는 단목 부인이다! 당장 단목 부인을 내놓아라!"

"남궁세가가 몰락하더니 이제는 미치기까지 한 모양이구나!"

"억울한 누명이다! 남궁세가는 사죄하라!"

묵풍대 무사들은 단목 부인이 누명을 썼다고 철석같이 믿고 있었다.

무림에 떠도는 소문은 남궁세가가 모함을 하고 있는 것이며, 남궁세가 소가주가 눈엣가시 같은 단목주혜를 제거하기 위해 꾸민 계략이라고 여기고 있었다.

시끄럽게 떠드는 단목세가 사람들을 보며 남궁유한이 짜증이 밀려온다는 표정을 지었다.

그는 태사의에 앉아 거만한 태도로 말했다.

"힘없는 것들, 명분없는 것들이 세 치 혀를 놀려 교활하게 떠들곤 하지. 무인은 힘으로 말한다. 진정 힘있는 자에게 대체 무슨 말이 그리 필요한가?"

그 소리에 단목대운이 흥분했다.

"오냐! 힘을 보여주길 원하다 했더냐? 나 단목대운이 오늘 단목세가의 힘을 보여주겠다!"

쉬링!

단목대운이 검집에서 검을 뽑아 들었다.

탁!

그리고는 누가 말릴 새도 없이 그대로 남궁유한을 향해 공격해 들어갔다.

무려 십여 장 사이를 단번에 도약한 단목대운의 검끝이 남궁유한의 가슴팍을 향했다.

쉬익!

단목대운의 검이 허공을 가르더니 순간적으로 하나의 유성으로 변한 것만 같은 착시 현상을 불러일으키고 있었다.

단목세가가 자랑하는 유성검(流星劍) 중의 절초인 유성섬(流星閃)이었다.

그 빠르기가 가히 섬의 경지라 해 유성섬이라 부르는 절초.

주위에 모인 사람들은 한줄기 가는 호선만을 느꼈을 뿐 검의 형체조차 제대로 알아보지 못했다.

그러나 남궁유한은 달랐다.

"훗!"

비웃었다.

느릿느릿!

꿈틀꿈틀!

남궁유한의 눈에는 섬이라고까지 불리는 유성섬의 초식이 너무나 느려 보였다.

이 시대에는 상상조차 할 수 없는 절대쾌검들을 무수히 보아온 그다.

게다가 그가 익히고 있는 오대마검 중에도 절대쾌검이 하나 있었다.

그에 비하면 유성섬은 달팽이가 기어가는 것만도 못했다.

단목대운의 검이 막 자신의 가슴팍을 파고들려는 순간이었다.

탁!

남궁유한이 엄지손가락을 들어 금(琴)을 연주하는 듯 가볍게 튕겼다.

점(點)!

검과 초식의 핵심이 되는 '점'을 볼 수만 있다면 상대의 공격을 무너뜨리는 것은 전혀 어렵지 않다.

태산을 무너뜨릴 힘도 필요치 않다.

시간을 가를 정도로 빠를 이유도 없다.

점, 또는 핵(核)을 볼 수만 있다면 한 푼도 채 안 되는 힘으로도 거대한 해일을 막고, 하늘마저 받칠 수 있는 것.

공수의 핵을 볼 수 있을 정도로 개안을 한 것을 두고 '공령경(空靈境)'의 경지라 했다.

횤!

공령경의 경지로 단목대운이 찔러온 검배(劍背, 검의 밑등)를 엄지의 튕김 하나로 그 투로를 바꿔 버렸다.

"이······."

단목대운이 그 황당한 상황에 놀라 재차 공격해 오려던 때였다.

휘리릭!

남궁유한의 소맷자락이 한 번 펄럭이는가 싶더니 그 소매 안으로 일순 단목대운의 검이 사라지는 것 같은 착각을 불러일으켰다.

띵!

묘한 금속성이 울려 퍼졌다.

쑤욱!

남궁유한의 소맷자락 속으로 사라졌던 단목대운의 검이 다시 나타났다.

그러나 푸른 검광을 흩뿌리던 검신은 온데간데없고 단목대운의 손에는 검병만이 덩그러니 들려 있었다.

그 광경에 단목대운의 눈이 휘둥그레졌다.

놀란 표정인 단목대운을 비웃으며 남궁유한이 말했다.

"철완박(鐵腕搏)이라는 것이다."

피부를 단단하게 만드는 기본적인 외문 공부인 철포삼의 일종으로 팔뼈[腕]를 강철처럼 단련하는 것이 철완박이었다.

그러나 이는 단순히 피부와 뼈만 단단하게 하는 것이 아니라 '친다[搏]'는 또 하나의 공부까지 들어 있었다.

철완박은 상대의 병장기를 몸으로 막는 것은 물론, 상대 병기를 박살 내는 묘용이 있는 신무학의 재주였다.

남궁유한이 자리에서 일어섰다.

"다른 검을 가져오도록."

그가 짤막하게 말하자 단목대운은 아랫입술을 깨물었다.

비록 흥분했다 하나 첫 공방은 분명 자신의 패배였다.

"그러지."

단목대운이 묵풍대 무인 하나에게 검을 가져오게 했다.

그러자 유한도 군자검을 빼 들었다.

"과거 백화예검을 일컬어 사람들은 '하나의 꽃잎이 휘날리면 한 사람이 죽는다[一花一殺]'고 했지."

남궁유한이 군자검을 빼 들고 그리 말하자 주변 사람들 모두가 놀랐다.

백화예검이라니? 백화예검이라니……?

남궁세가의 상징이며, 고금십대검법 중 하나인 백화예검이라니…….

'대체 어찌 돌아가고 있는가? 저자가 정녕 남궁세가의 핏줄이었단 말인가?

제갈문도 역시 경악했다.

백화예검까지 익힌 소가주를 두고 세상 그 누구도 남궁세가의 핏줄이니 아니니 운운할 수가 없었다.

남궁세가 초대 가주인 검왕은 이렇게 말했다.

"훗날 세가가 위기에 처하면 백화예검을 익힌 이가 나타나 세가를 구할 것이다. 위기는 곧 기회가 돼 남궁세가는 다시 한 번 무림에 우뚝 서게 될 것이다. 기다리거라, 예검의 주인을!"

'예검전설(藝劍傳說)'이라고 불리는 그것을 오대세가 사람이라면 모르는 이가 없었다.

'그러나 확신할 수는 없다. 예검의 맥은 이미 수백 년 전에 끊어졌으며, 설령 나타났다 해도 쉬이 익힐 수 있는 것이 아니다.'

그사이 군자검의 검날이 부르르 떨리기 시작했다.

검의 날에 주입된 남궁유한의 기에 따라 검날이 쉴 사이 없이 떨려왔다.

그러더니 군자검에서 부용의 기운이 뭉게뭉게 피어올랐다.

그 부용은 크지도 작지도 않았으나 상서로운 기운을 뭉게뭉게 피워대고 있었다.

부용이 피어오른다 함은 이미 십성의 경지였다.

'설마……'

단목대운이 잠시 의혹에 빠진 사이 남궁유한의 군자검이 그에게 쏘아져 나갔다.

쉬익!

찰나의 순간이었다.

부르르!

주변 공기가 빠르게 흔들렸다.

주변의 공기가 울렁였다.

군자검 주위로 이제는 선명한 부용 꽃잎이 피어올랐다.

아름답지만, 그 안에는 치명적인 살기를 품고 있었다.

죽음의 꽃이었다.

그러나 단목대운 역시 천하에 그 위명을 떨치고 있는 대단한 무공의 소유자.

휘익! 휘익! 휘익!

하늘과 땅, 그리고 사람의 형세로 연거푸 세 차례나 검을 휘둘러 검막을 형성했다.

'막지 못하면 죽을 수도 있다.'

단목대운은 혼신의 힘을 다해 검막을 펼쳤다.

펑!

마치 뇌화탄이라도 터진 듯한 폭음이 들리더니 주변이 크게 흔들렸다.

군자검이 만들어낸 부용도, 단목대운이 펼친 검막도 어느새 사라지고 없었다.

그런데 그 순간이었다.

탁!

남궁유한이 어느새 검을 거두고 땅에서 도약했다.

그리고는 권을 연달아 휘둘렀다.

권은 눈에 보이지도 않을 정도로 빠르게 쏘아져 갔다.

그리고 연거푸 쏟아졌다.

타타탓! 타타타탓! 타타타탓!

연달아 휘둘러지는 남궁유한의 주먹에 격타당한 단목대운은 연신 휘청거렸다.

그리고는 점점 뒤로 물러섰다.

그러나 그는 쓰러지지 않았다.

텅!

앞에서 뒤로 공중제비를 돌며 공중에서부터 내려친 남궁유한의 발뒤꿈치가 단목대운의 정수리에 박히며 커다란 격타음을 냈다.

그 힘은 대단히 강력해서 단목대운의 몸이 거의 한 자 이상이나 그대로 땅에 박힐 정도.

정수리에 그 정도로 커다란 격타음을 내며 박힐 정도의 가격이라면 살아날 수 없어야 정상이었다.

그러나 단목대운은 죽지 않았다.

그가 불사의 몸이어서가 아니다.

남궁유한이 그것을 원하지 않은 때문이었다.

남궁유한은 단목대운을 죽일 생각이 없었다.

대신 천하에서 손꼽힌다는 무인이라는 그의 내공을 완전히 빨아들일 생각이었다.

흡성대법!

단목대운 정도라면 그 내공의 양도 상당할 것이고, 무엇보다도 내공이 정순할 터이다.

'크게 도움이 될 것이다!'

남궁유한이 흡혈마처럼 입맛을 다셨다.

그리고는 바닥에 박혀 장승처럼 서 있는 단목대운을 향해 재차 공격해 나갔다.

탓! 터억! 퍽! 타탓! 투툭! 퍼퍼퍽!

단목대운의 몸을 남궁유한의 주먹, 발, 팔꿈치, 무릎, 정강이가 연달아 타격했다.

심지어 하오잡배들이나 해대는 몸통 박치기까지도 서슴지 않았다.

마도시대의 흡성대법은 마치 온몸을 추궁과혈하는 듯한 모양새로 상대의 내공을 빨아들이는 것에 그 묘용이 있었다.

남궁유한은 온몸을 이용해 단목대운을 끊임없이 두들겼다.

타타타탓! 타타탓! 타타타타타!

유한이 공중에서 회전하면서 순식간에 수십 번의 발차기를 단목대운의 전신에 꽂았다.

발차기 한 번 한 번이 가볍고 경쾌하지만 묵직하고 강해 보였다.

근처에 있는 누구라도 그 바람 가르는 소리를 들을 수 있을 정도로 강력한 발차기 공격이었다.

주먹과 발로 때리고, 회수하고, 나아가고, 팔꿈치로 가격하고, 무릎으로 격타하고, 정강이로 차내고, 어깨로 공격하고, 수도(手刀)로 휘갈기고, 주먹으로 올려치며 턱을 가격하고, 손바닥으로 강하게 밀어내고, 공중에 뜬 상태로 온몸을 휘돌리며 머리로 처박아 들어가고, 발뒤꿈치로 강하게 타격하고, 주먹질 한 번도 전후좌우, 상하로 조금씩 다르게 가격하고……

투투투! 타타타타앗! 투타투타투탁!

미친 듯한 타격이었다.

'어, 어떻게든 해야…….'

어이없을 정도로 수많은 공격에 시달리고 있는 단목대운은 필사적이었다.

그러나 찰나의 틈마저 주지 않고 폭풍처럼 휘몰아치는 상대 남궁유한의 대공세 속에서는 어찌할 도리가 없었다.

'이래서는 끝이다.'

단목대운이 평생 처음 보는 광포한 공격에 절망하고 있을 때였다.

'저것이 대체 무엇이란 말인가?'

제갈문도는 광풍처럼 휘몰아치는 남궁유한에 크게 놀라 단목대운을 구해야 한다는 생각마저 잊고 있었다.

'왜 죽지 않는가? 수십, 수백 번의 공격을 몸에 허용했는데…….'

단목대운이 죽기를 바라는 것이 결코 아니다.

그저 기이했을 뿐이다.

예검을 구사할 정도의 경지에 있다면 남궁유한에게 한 방만 제대로 맞아도 숨통이 끊겨야 정상이었다.

그런데 수백 번의 정타가 들어갔음에도 단목대운은 죽지 않았다.

'혹 단목대운을 죽일 생각은 없고 단지 모욕을 주기 위함인가?'

제갈문도는 남궁유한이 추궁과혈이나 난타의 형태로 흡성대법을 행하고 있으리라고는 꿈에도 생각지 못했다.

그러니 그저 저 모습을 기이하게만 바라볼 뿐이었다.

"크흐흐!"

남궁유한은 일견 사악하게까지도 보이는 웃음소리를 내며 땅속에 박혀 있던 단목대운의 몸을 뽑아 들었다.

주작투혼수의 접인식(接引式)으로 단목대운의 어깨를 휘어 잡더니 그를 들어 메쳤다.

붕!

그리고는 그를 집어 던졌다.

탁!

무려 오 장 이상 공중으로 날아간 단목대운을 향해 남궁유한이 비상했다.

그리고는 허공에서 그를 낚아챘다.

휘릭!

공중에 뜬 그 자세 그대로 단목대운의 몸을 회전시켰다.

뱅글뱅글!

단목대운의 몸이 팽이처럼 회전했다.

퍽퍽! 퍼퍼퍽!

허공에 떠 있는 그 상태 그대로 남궁유한이 백호철혈권의 광폭식(狂暴式)으로 단목대운의 전신을 난타했다.

그리고는,

뚝! 뚜둑! 뚜두둑!

남궁유한이 주작투혼수의 절묘한 금나수법으로 단목대운의 오른팔을 단번에 꺾어버렸다.

그리고는 연이어 왼팔과 오른 다리, 왼 다리의 뼈를 분질렀다.

사지를 모조리 부러뜨려 버린 것!

쿵!

단목대운의 몸이 굉음을 내며 바닥에 떨어졌다.

그러나 이미 단목대운을 폐인으로 만들었음에도 공격은 끝나지 않았다.

퍽!

무릎을 웅크린 채 공중에서 땅으로 내려오는 남궁유한의 두 무릎이 단목대운의 단전 위로 떨어졌다.

단목대운의 단전을 폐한 것이었다.

스윽!

남궁유한의 손이 단목대운의 목줄기를 잡았다.

사지가 축 늘어진 채 의식을 잃어버린 단목대운의 흐느적거리는 몸을 그대로 뽑아 들었다.

그리고는 흡성대법으로 충분히 내공을 빨아들인 후, 단목대운의 목숨을 막 빼앗으려는 찰나,

쉬이익!

한줄기 거센 바람이 일어났다.

그리고는 검은 뱀처럼 꿈틀거리는 하나의 밧줄이 남궁유한을 향해 날아왔다.

그 밧줄은 마치 살아 있는 것처럼 사방을 뒤덮으며 날아와 단숨에 남궁유한의 몸을 휘감아 버렸다.

남궁유한은 잠시 동안 그 밧줄에 몸이 감겨 꼼짝도 하지 못했다.

그런 남궁유한을 노려보며 그 밧줄을 던진 당사자인 제갈문도가 말했다.

"여의포박술이란 것이다!"

서유기에 나오는 손오공의 여의봉처럼 늘어났다 줄어났다가 자유자재로 이뤄진다 하여 여의포박술(如意捕縛術)이라 불렀다.

무림오대세가 중 하나로 불리며 수백 년의 전통을 가진 곳이 바로 제갈세가였다.

천하에 산재한 대륙전장을 소유한 제갈세가. 그들에게도 무력이 필요한 것은 당연지사.

그러나 그들에게는 남궁세가의 검법이나 하북팽가의 도법, 사천당가의 독술처럼 무림의 일절이라 할 만한 무공이 없었다.

그러나 그들에게는 뛰어난 머리와 함께 비범한 손재주가 있었다.

그래서 기문병기와 그 사용법을 연구해 부족한 무력을 보충하고자 했다.

그 결과 탄생한 것 중 하나가 바로 이 여의포박술이었다.

철골액(鐵骨液)에 수년 동안 담가 단단해진 교룡삭(蛟龍索)을 이용해 상대를 제압하는 용도로 사용하는 일종의 삭술인 여의포박술.

여의포박술은 밧줄을 길게도 짧게도 활용해야 했기 때문에 재빠른 손놀림과 정밀한 조정 능력이 필요했다.

여의포박술은 밧줄을 창처럼도, 그물처럼도, 포승줄로도, 여러 용도로 변용시켜 상대를 제압할 수 있는 무공이었다.

"수, 숙부님!"

폐인이 돼 바닥에 쓰러져 있는 단목대운을 향해 단목룡이 급히 달려갔다.

너무나 순식간에 일어난 일이었다.

또한 너무나 기이한 남궁유한의 무공에 놀라 단목룡은 물론 단목세가의 묵풍대 역시 움직일 생각조차 못했다.

아니, 단목대운의 무공을 너무나 믿고 있었기에 단목대운이 패할 것이라고는 미처 예상하지 못한 탓이 더욱 컸다.

충격이었다.

그 결과 단목대운이 저리 만신창이가 될 때까지 단목세가 사람들은 손끝 하나 움직이지 못했던 것이다.

"흑흑! 숙부님, 숙부님……."

단목룡이 의식을 잃은 단목대운을 품에 안고 흐느끼고 있을 때였다.

기회를 노려 제압을 하기는 했으나 직전에 보여준 그 무위를 떠올리면 도저히 마음에 놓이지 않는 제갈문도가 품에서 포대 하나를 꺼냈다.

겉으로 보기에는 하나의 포대였으나, 그 속은 아홉 겹으로 겹쳐져 있는 신비한 물건이었다.

쉬이익!

제갈문도가 손을 한 번 휘젓자 일렬로 겹쳐져 있던 아홉 개의 포대가 일시에 공중으로 떠올랐다.

휘릭! 휘리릭! 휘리리릭!

아홉 개의 포대가 순식간에 허공으로 흩어졌다.

그러더니 크게 원을 그리며 움직이는 제갈문도의 손놀림에 따라 차례차례 남궁유한의 몸으로 덧씌워지기 시작했다.

공중에 떠 있을 때의 포대는 나비처럼 팔랑거렸지만, 일단

몸에 씌워지기 시작하자 남궁유한의 몸을 단단히 옥죌 정도
로 급격하게 줄어들기 시작했다.

이 역시 제갈세가가 자랑하는 기문병기 중 하나인 '뇌공금
강고(雷公金剛苦, 雷公은 원숭이)' 였다.

서유기에 나오는 손오공의 머리에 씌워져 손오공을 제어
하는 데 사용됐다는 금강고(金剛苦, 금아주, 금고아)에서 이름
을 본뜬 신묘한 포대였다.

남궁유한을 이중으로 완벽하게 포박한 제갈문도가 그제야
안도의 한숨을 길게 내쉬며 입을 열었다.

"천잠사에 교룡(蛟龍, 악어)의 억센 가죽을 섞고, 오랜 기간
아교로 접착시켜 만든 뇌공금강고다."

그 두 병기에 자못 자부심을 가지고 있는 제갈문도가 자신
이 이끌고 있는 귀령대 무사들에게 명령했다.

"저들을 제압해라!"

단목대운이 저리되면서 대화로 풀 단계는 지나도 한참 지
났다.

일단 힘으로 제압할 생각.

하북팽가의 광풍삼십육도객이 마음에 걸리기는 했으나 이
상황에서 언제까지나 예의나 따지며 말이나 주고받을 수는
없는 노릇이 아닌가?

착! 착! 착! 착! 착!

열 명이 한 개 조로 이뤄진 제갈세가 무인들이 일제히 풍차

모양의 강철 산(傘)을 펼쳤다.

무림에는 제갈세가의 철산병(鐵傘兵)이란 이름으로 널리 알려진 이들.

폭이 넓은 철산을 든 철산병들은 언제나 선두에 서서 뒤의 무사들을 보호하는 방패가 된다.

휙! 휙! 휙!

귀령대의 가장 끝선에서는 역시나 열 명이 한 개조로 된 이들이 활시위에 화살을 재었다.

그런데 화살 끝이 뭉툭해 살상력은 전혀 없어 보였다.

그러나 그것을 알아본 누군가가 소리쳤다.

"폭렬시(爆裂矢)!"

폭렬시는 화통에 폭약을 장착해 폭발을 일으키는 병기였다.

본디 화약은 관에서 금하는 품목이었으나 제갈세가는 황금의 힘을 빌려 폭렬시를 대량으로 제조하고 있었다.

붕붕붕붕! 붕붕붕붕! 붕붕붕붕!

두 개 조 이십 명이 양손에 든 은하추(銀河錐) 사십 개를 허공에 휘둘러 크게 원을 그리기 시작했다.

이들이 추병(錐兵)이었다.

그 중앙에는 각기 홍색의 강철 수갑을 손에 차고 있는 이십여 명이 수룡(水龍), 분사통, 그리고 휴대용 물통 등을 들고 전방으로 향했다.

그 안에는 석유는 물론 염산과 같은 극독의 부식성 약물 등이 섞여 있었다.

이들이 바로 그 극악한 위력으로 인해 제갈세가가 정파의 구파일방으로부터 협의를 벗어났다는 비난까지 듣게 만든 '통병(筒兵)' 들이었다.

그리고 그들 앞에는 요대에는 물론 가슴과 허벅다리, 정강이의 각반에까지 사각의 가죽 주머니를 주렁주렁 달고 있는 이들이 있었다.

가죽 주머니에는 독회(毒灰)와 철사(鐵沙), 그리고 유황화탄 등이 담겨 있었다.

이들을 일컬어 독병(毒兵)이라 했다.

철산병이 상대의 공격을 모두 막고, 통병과 독병이 상대가 감히 근접하지 못하도록 막는다.

그사이 은하추를 든 추병들이 상대에게 끊임없이 원거리 공격을 날린다. 그리고 원거리에서 폭렬시를 든 가병들이 주변을 초토화시킨다.

이것이 제갈세가가 자랑하는 것들이며, 이들을 키우는 데 적지 않은 황금과 시간을 들여야 했다.

빠른 시일 내에 다른 세가 못지않은 무력을 갖추기 위해 제갈세가는 이런 부분에 집중할 수밖에 없었다.

어찌 보면 권과 장, 퇴와 권, 검과 도로 자웅을 겨루는 무림세가라기보다는 제갈세가는 군대와 유사한 점이 더 많았다.

그들을 보며 하북팽가 광풍삼십육도객의 수객인 상호평이 가장 먼저 소리쳤다.

"저런 것들을 무인이라고!"

불같은 성미로 유명한 하북팽가의 광풍삼십육도객들이 일제히 소리쳤다.

"무인은 도(刀)로 말하지, 저따위 것으로 말하는 것이 아니다!"

하북팽가를 이끌고 있는 수뇌부들은 제갈세가와 사이가 좋을지 몰라도 실전 전투원들의 생각은 달랐다.

'제갈세가, 잔머리나 굴리며 무공을 익힐 시간에 기문병기나 찾아다니는 나약한 것들' 이 그들의 생각이었다.

물론 성격도 급하고 옹고집이 대다수인 하북팽가 무사들은 다른 사대세가 전부를 무시하는 경향이 강했지만.

홍색으로 상징되는 제갈세가의 귀령대와 흑색으로 표상되는 하북팽가 광풍삼십육도객이 정면에서 대치하기 시작했다.

그리고 그 양측으로 백색의 물결과 청색의 바람이 뒤엉키기 시작했다.

청색은 당연히 남궁세가 무사들이었고, 백색은 언제나처럼 백의만을 입는 단목세가 묵풍대였다.

청홍흑백(靑紅黑白)!

무림오대세가 중 남궁, 제갈, 팽가, 단목을 상징하는 네 가지 색이었다.

그 네 색이 각기 편을 나눠 팽팽하게 대치하기 시작할 때였다.

여의포박술에 묶이고, 뇌공금강고에 제압당한 남궁유한이 하늘을 향해 앙천광소를 터뜨렸다.

"하하하하하! 고작 이런 것인가? 제갈세가는 겨우 이런 것을 믿고 무림의 오대세가입네 하며 떠벌리고 다녔던 것인가?"

우두둑! 우두둑!

빠지직! 빠지직! 빠지직!

남궁유한이 몸에 힘을 주자 놀랍게도 천하의 기문병기로 알려진 여의포승이 썩은 동아줄처럼 찢어지기 시작했다.

펑!

그리고는 폭음이 울리더니 천잠사와 교룡의 가죽으로 된 뇌공금강고가 완전히 산산조각나고 말았다.

"아니, 어떻게……?"

제갈문도는 기가 막힐 지경이었다.

여의포승(如意捕繩)과 뇌공금강고로 결박당한 자가 저것을 힘으로 끊어낼 수 있을 것이라고는 전혀 예상치 못했기에 그 충격은 더욱 컸다.

게다가 그 당사자가 소림성승이나 무당일선도 아닌, 내심 무시하고 있던 남궁세가의 소가주라니!

놀라고 있는 이는 또 한 사람 있었다.

'오호! 소가주가 대단한걸?

팽가의 대공자 팽강이 흥미로운 눈초리로 남궁유한을 바라봤다.

그사이 청홍흑백의 사대세가 무인들에 더해 뒤편에 떨어져 있던 흑사회, 아니, 이제는 남궁세가 흑룡대라고 불려야 할 일백 무사가 추가로 합류했다.

"청색과 흑색이 우리 편이다. 홍색과 백색 새끼들은 모조리 베어버려라!"

주오가 성치도 않은 몸을 이끌고 고래고래 소리쳤다.

그는 네 세가의 역학 관계 따위는 모른다.

그러나 하북팽가가 남궁세가 편에 섰다는 것만은 확실히 알고 있었고, 제갈과 단목세가가 적이라는 것만은 명확히 구분하고 있었다.

우다다닥! 우다다닥!

뒤이어 남궁세가 외곽을 포위하고 있던 흑사회 휘하의 무사 오백이 우르르 몰려들어 왔다.

사실 그들은 무사라기보다는 합비와 합비 인근 현에서 흑사회 휘하에 있던 삼류도 못 되는 이들이었다.

그러나 그들 모두 손에 병장기들을 들고 있어 그 수만은 결코 무시할 수 없었다.

이들까지 합세하니 고수는 물론 절대적으로 수도 적은 남궁세가 쪽도 제갈세가와 단목세가에 그럭저럭 맞서볼 만한 전력이 됐다.

우드득! 우드득!

잠시 묶여 있는 동안 몸이 근질거렸는지 남궁유한이 목을 풀었다.

"차륜전으로 해볼 셈인가? 여기 모인 이들 중 태반이 죽어 나자빠질 때까지?"

그의 시선은 제갈문도에게 향해 있었다.

제갈문도는 돌아가는 형세를 보며 생각에 잠겼다.

'좋지 않다. 하북팽가가 명확히 남궁세가 편을 들기로 한 이상, 좋은 꼴은 보지 못할 것이다. 우리 귀령대와 단목세가의 묵풍대라면 지지는 않을 것이나…….'

그러나 그렇게 이겨서는 오늘 이겨도 이긴 것이 아닐 것이다.

상대가 하북팽가의 광풍삼십육도객인 이상 세가의 정예인 귀령대 태반이 죽을 것이다.

아니, 그 이후가 더 문제였다.

광풍삼십육도객과 맞서는데 그들을 죽이지 않고 제압만 한다는 것은 말도 안 되는 일.

그들을 모두 죽이기라도 한다면 하북팽가에서 절대 참지 않을 것이다. 게다가 이 자리에는 팽가의 대공자인 팽강까지 있는 마당.

대공자가 다치기라도 하면 성미가 불같은 하북팽가주가
제갈세가와 사생결단을 내려 할 것이다.

'아! 대체 하북팽가가 왜 간섭을 하는가?

일이 이렇게 풀릴 것이라고는 상상도 하지 못했다.

그러나 이대로 돌아갈 수도 없는 노릇이었다.

기세등등하게 왔다 아무것도 얻지 못한 채 돌아간다면 꼴
이 정말 우습게 되는 것이다.

그리고 단목세가주의 친동생인 단목대운이 폐인이 된 이
상에는 더욱 그러했다.

"그럼… 소가주는 어찌하겠소?"

제갈문도가 시선으로는 폐인이 된 단목대운을 가리키며
입으로는 남궁유한에게 물었다.

"먼저 시비를 건 것은 그쪽. 시비를 걸고도 저 정도 피해만
입고 돌아갈 수 있다면 그리 손해도 아닐 것."

남궁유한의 말이 끝나기가 무섭게 단목룡이 괴성을 질렀
다.

"너 같은 개잡종이 단목 숙부를 해했는데 무슨 개소리냐!
우리 단목세가는 오늘 이 자리에서 사생결단을 내겠다!"

"훗! 그럼 그러든가! 너부터 와라!"

남궁유한이 단목룡을 명확하게 지목했다.

"……"

그러자 단목룡이 순간 움찔했다.

숙부인 단목대운을 폐인으로 만든 자다.

숙부에 비해 한참이나 모자란 자신이 맞서 승리할 가능성은 일 할도 채 되지 않았다.

그리고 저자의 살기.

살기를 느끼는 것만으로도 폐부가 아려올 정도였고, 온몸의 솜털이 모조리 쭈뼛쭈뼛 서버리는 느낌.

단목룡은… 죽음이 두려웠다.

고개를 푹 숙였다.

남궁유한의 시선을 피했다.

"흥! 등신 같은 자식!"

남궁유한이 싸늘하게 비웃었다.

그러더니 돌연,

"악!"

남궁유한이 단목룡을 놀래키려고 짧은 고함을 질렀다.

움찔!

그런데 단목룡은 그 짧은 고함에도 크게 놀라 순간 바닥에 털썩 주저앉고 말았다.

단목세가주의 차남이며 무림의 후기지수로 각광받았던 그가 고작 고함 한 번에 이런 모습을 보인 것.

추태도 이런 추태가 없었다.

"하하하하!"

그 꼴을 보며 남궁유한이 크게 웃었다.

단목룡의 추태에 단목세가 무사들은 순간 맥이 풀리고 말았다.

'저런 꼴을······.'

'소공자, 그래서는······.'

'망신도 이런 망신이 없다.'

묵풍대 무사들이 크게 낙담하며 차마 고개를 들지 못했다.

단목대운이 당한 것에 끓어오른 투지가 단목룡의 저 모습으로 인해 완전히 꺾이고 말았다.

단목세가 묵풍대의 그런 기운을 정확히 감지한 남궁유한이 제갈문도를 바라봤다.

"나 역시 그대에게 받은 것이 있으니 돌려줘야 할 터. 준비하라!"

그 소리를 들은 제갈문도가 움찔했다.

'천하의 단목대운이 제대로 저항조차 하지 못하고 당했다. 게다가 여의포승과 뇌공금강고도 통하지 않는 상대다. 내가 할 수 있을까?'

그러나 제갈문도가 머리 굴리기를 채 끝마치기도 전에 남궁유한이 들고 있는 군자검이 떨리기 시작했다.

화중지왕 목단(牧丹, 모란)의 향이 광장 전체에 진동하기 시작했다.

그 사실을 가장 먼저 알아본 검광 곽상이 소리쳤다.

"백화예검 십일성 목단경(牧丹境)!"

그 소리가 끝나기도 전에 군자검이 제갈문도를 향해 날아
왔다.

그것을 느낀 제갈문도가 이를 앙다물었다.

그리고는 손에 들고 있는 여의포승을 꽉 움켜쥐었다.

제갈문도가 밧줄에 기를 주입하자 흐늘거리던 밧줄이 어
느새 같은 길이의 단단한 막대처럼 변했다.

그 막대는 기이하게도 방진(方陣) 형태로 변하더니 제갈문
도를 향해 날아오는 군자검을 막아섰다.

여의포승술 중 하나인 여의패(如意牌)의 재주였다.

쉭!

군자검이 여의패의 재주로 형성된 방진의 막과 정면으로
충돌했다.

"윽!"

제갈문도가 그 충격을 이기지 못하고 입에서 왈칵 피를 쏟
았다.

남궁유한이 미소를 지으며 두 번째 공격을 준비하려 했다.

그때였다.

휘리릭!

하늘을 핏빛 노을로 뒤덮으며 적색의 그물이 남궁유한을
향해 쏟아졌다.

하늘을 온통 뒤덮는[滿天], 적색 폭우[赤雨]와 같은 대단한
수였다.

그러나,

휙! 휘이익!

남궁유한이 왼손을 원을 그리며 급격히 회전시켰다.

그 회전에 따라 적색 그물이 크게 회오리치며 나선을 그렸다.

그리고는 어느새 남궁유한의 하완(下脘)에 적색 그물이 모조리 휘감겨 있었다.

그 그물을 던져 남궁유한의 재출수를 막은 이는 바로 제갈문도의 조카인 제갈연하.

남궁유한이 절묘한 순간에 자신의 출수를 막은 제갈연하를 잠시 바라봤다.

웃었다.

그리고는 바로 팔을 가슴팍으로 끌어당겼다.

제갈연하와 남궁유한은 적색 그물, 천선망(天仙網)이라는 이름의 그물로 단단히 엮여 있는 상황.

주르륵! 주르륵!

남궁유한의 강맹한 내력을 이기지 못한 제갈연하의 몸이 바닥에 질질 끌렸다. 그러다 결국 남궁유한의 내력을 이기지 못하고 단숨에 공중으로 붕 떠올랐다.

남궁유한의 눈이 싸늘하게 빛났다.

그의 오른손에 들린 군자검이 제갈연하를 향해 공세를 취하려 했다.

휘이익! 휘이익!

그 순간 강제로 공중에 떠올라 무방비 상태로 보였던 제갈연하가 등에서 일곱 가지 빛[七彩]으로 빛나는 날개를 활짝 폈다.

태양 빛에 반사돼 순간적으로 상대의 시야를 완전히 가려 버릴 정도였다.

날개, 공작의 화려한 날개를 본떠 만들었다는 공작비(孔雀飛)라는 기문병기였다.

순간적으로 하늘을 날 수도 있으며, 날개 자체가 날카롭기 그지없어 어지간한 검이나 도는 두부 베듯 잘라 버릴 수 있었다.

남궁유한 역시 순간적으로 그 어마어마한 광채에 눈이 멀고 말았다.

그때!

백화예검의 일초에 순간적으로 피를 토했던 제갈문도가 여의포승에 내력을 주입했다.

쉬익!

창대처럼 단단하게 변한 여의포승이 허공을 가르며 날아와 남궁유한의 어깨를 단숨에 꿰뚫었다.

여의포박술 중 자유자재로 상대를 꿰뚫는다는 '여의투(如意透)'의 초식.

빛살처럼 빠르고, 화살보다 강력한 공격이었다.

울컥!

남궁유한이 그 충격을 이기지 못하고 피를 쏟았다.

남궁유한의 어깨를 꿰뚫은 제갈문도는 여의포승을 다시 회수하더니 무척 단단해진 밧줄의 경도를 줄여 채찍처럼 만들었다.

찰싹! 찰싹! 찰싹!

채찍으로 변한 밧줄은 남궁유한의 몸을 찢어발길 기세로 쉴 사이 없이 휘둘러졌다.

채찍 같던 밧줄이 얼마나 빠르게 공중을 휘젓던지 마치 그물처럼 보일 정도였다.

여의포박술 중 '하늘을 가리는 그물' 이라는 의미의 '여의천망(如意千網)' 이라는 초식이었다.

남궁유한의 몸에서 살점이 찢어지고, 핏물이 튀기 시작했다.

그리고 제갈연하 역시 공중에서 지상으로 떨어지는 힘을 받아 남궁유한을 향해 다시 한 번 자신의 적색 그물을 이용했다.

적색 그물 천선망.

내력을 주입하는 방식에 따라 단검으로도, 대도로도, 장창으로도 자유자재로 변하는 신묘한 물건이었다.

제갈연하가 천선망을 장창의 형태로 변화시켜 남궁유한의 급소를 노리고 던졌다.

쉬이익! 쉬이익! 쉬이익! 쉬이익! 쉬이익!

그와 동시에 제갈세가 귀령대의 추병 스물이 일제히 은하추 사십 개를 남궁유한을 향해 던졌다.

"이런!"

제갈문도의 여의포승에 난타당하고 있던 상황에 이런 공격이 겹치자 남궁유한의 얼굴에도 순간 당황하는 기색이 역력했다.

자신의 내력이 완전하다면 이런 공격 따위 두려울 것도 없으나 현재 상태는 예전 상태의 십분지 일에나 간신히 도달한 상황.

남궁유한 역시 피륙으로 된 한 명의 인간.

급소를 찔리고 온몸이 갈기갈기 찢겨서야 살 수가 없는 것이다.

위험한 상황이었다.

"으으윽!"

남궁유한이 이 위기를 벗어나려 무리를 해서라도 온몸의 내력을 격발시키려 했다.

그러나 쉽지가 않았다.

'젠장!'

남궁유한이 짐짓 절박한 외침을 내지를 그때였다.

애절한 귀곡성이 광장에 울려 퍼지더니 거센 바람이 불어왔다.

그리고 뒤이어 선명한 푸른 기운이 광장 중앙을 관통했다.

팅! 티팅! 티티팅! 티티티팅!

무수한 금속성이 울려 퍼지더니 사십에 이르는 은하추가 모조리 방향이 꺾이고 말았다.

또한, 남궁유한의 요혈을 노리고 날아오던 천선망 또한 강맹한 힘을 이기지 못하고 공중으로 솟구쳤다.

"소가주, 나한테 신세졌수다!"

어느새 검광 곽상이 뛰어들어 은하추를 모조리 튕겨낸 것이었다.

"남궁세가의 소가주는 혼자가 아니지요."

그리고 제갈연하가 출수한 천선망을 쳐낸 진 노인, 수호검 진교가 짧게 말했다.

남궁유한이 위험한 상황에서 자신을 도운 곽상과 진 노인을 보며 웃었다.

"그랬나?"

남궁유한의 곁으로 좌측에 곽상이, 우측에 진 노인이 섰다.

듬직하기 그지없는 광경.

남궁유한 또한 그들로 인해 크게 힘을 얻었다.

"저희도 있습니다!"

그렇게 소리치며 매타자와 초설, 아평과 아소 형제가 남궁유한을 둘러쌌다.

"쿵! 아평, 아소 꼬맹이들까지 나서는데 별수없지."

복삼 또한 멋쩍은 표정으로 남궁유한의 앞에 나섰다.

곽상과 진 노인 외에는 아직까지 그리 도움될 힘도 없는 이들이었다.

그러나 그들이 나서주는 것만으로도 든든하기 그지없었다.

"부끄럽지도 않은가? 아이들마저 나서고 있다. 창룡대는 소가주를 보호하라!"

창룡대 청년 무사 전성이 소리치자 창룡대 무사 스물이 또다시 벽을 쌓았다.

남궁유한을 해하기 위해서는 일단 창룡대 모두를 죽여야 할 것이고, 신폭풍대 일곱마저 뚫어야 할 상황.

곁에서 그 광경을 지켜보고 있던 팽강이 살며시 웃었다.

"훗! 누가 남궁세가가 끝났다 했나? 남궁세가의 정신이 아직 살아 있는데."

그 광경에 절로 가슴이 뜨거워진 수객 상호평이 소리쳤다.

"이왕 거들기로 한 것, 화끈하게 도와줘야겠습니다! 삼십육도객들은 무엇 하고 있는가? 앞으로 나서라!"

착! 착! 착! 착!

광풍삼십육도객이 전면에 등장했다.

압도적인 기세를 풍기는 그들이 한 몸처럼 움직이자 광장의 공기마저 달라진 것만 같았다.

광풍삼십육도객은 남궁세가의 편에 서기는 했으나 사실

오늘의 일에 미온적인 태도였다.

이 일은 어디까지나 남궁세가의 일, 자신들의 일이 아니었다.

굳이 자신들이 대량의 피를 흘리면서까지 해결하고 싶은 생각은 없었던 것이다.

그러나 이제는 상황이 달라졌다.

"귀령대는 잠시 물러나라."

제갈문도가 명령했다.

하북팽가가 저렇게 나온 이상 지금 충돌해서는 당최 이익이 없는 상황이었다.

남궁세가 소가주와 단목대운이 격돌하고, 단목대운이 폐인이 되자 제갈세가마저 절로 빨려 들어갔을 뿐이다.

그런데 정작 오늘 일의 당사자라 할 수 있는 단목세가는 단목대운이 쓰러지고 나서 별 움직임이 없었다.

'상황이 왜 이리됐지? 이거 계속 이리 흘러갔다가는 우리 제갈세가만 대량의 피를 흘리겠구나.'

제갈문도는 머리를 굴려 이해득실을 따졌다.

고개를 돌렸다.

남궁세가 흑룡대라 밝힌 일백의 무사 외에 오백이나 되는 이들이 병장기를 들고 자신들의 후미를 압박하고 있었다.

'힘으로 모든 것을 풀려 하는 것은 미련한 짓이다. 상황이 좋지 않으면 과감하게 물러나는 것이 현명할 터. 오늘은 이만

발을 빼야 하는가?

제갈문도가 고민했다.

“흥! 머리 굴리지 마라. 시비를 건 것은 그쪽이다. 그리고 그대는 나와 해결할 문제도 있지 않은가?”

제갈문도의 여의포승에 어깨를 뚫린 남궁유한이 안면을 꿈틀거리며 말했다.

“남궁세가가 오고 싶으면 오고 가고 싶으면 가는 그런 곳인 줄 알았는가?”

그러며 복삼을 바라봤다.

복삼이 남궁유한의 시선을 느끼자 입가에 비릿한 미소를 떠올렸다.

“시행하오리까?”

남궁유한이 고개를 끄덕였다.

그러자 광장 주변을 둘러싸고 있는 사방의 전각 지붕에서 십여 명의 사내가 불쑥 튀어나왔다.

그들은 양손에 검은 철구를 들고 있었다.

남궁유한이 손을 들었다.

그러자 전각 지붕 위의 사내들이 일제히 손에 든 철구를 광장 중앙으로 던졌다.

펑! 펑! 펑! 펑! 펑!

철구는 광장 청석 바닥에 부딪치자마자 폭음을 일으켰다.

그리고는 철구가 깨지며 자욱한 연기가 일어나기 시작했다.

그런데 그 연기가 결코 심상치 않았다.

“설마…….”

“독이다!”

“이런 미친!”

피아가 뒤엉켜 있는 광장에 남궁유한이 독탄을 던질 것이라고는 아무도 예상하지 못했다.

광장에서 독탄이 터지면 단목세가와 제갈세가 무사들은 물론 남궁세가와 하북팽가 무사들까지 모조리 죽을 것이 아닌가?

공멸이라도 할 셈인가?

“이런 비열한…….”

“남궁세가란 편액을 걸고 이런 짓을…….”

독탄이 터지며 퍼진 독이 얼마나 강력했는지 일곱 번을 호흡하기도 전에 광장에 모여 있던 이들이 모조리 쓰러졌다.

“소가주님…….”

그것은 남궁세가 창룡대와 흑룡대 무사들 또한 마찬가지였다.

쿵! 쿵! 쿵! 쿵!

그들은 소가주가 자신들까지 왜 죽이려 하는지 영문을 모르겠다는 얼굴을 하고 바닥에 쓰러졌다.

총사 조량은 의혹 가득한 얼굴로 남궁유한을 바라봤다.

‘믿어서는 안 될 사람을 믿었던 것인가. 나는 그리 보지 않
았는데⋯⋯.’
그러면서 그 역시 바닥에 쓰러져 의식을 잃었다.

第三章 반전

無敵世家

거의 일천에 가까운 이들로 꽉 들어차 있던 세가 광장에 서 있는 이는 불과 스물 남짓이었다.

독탄이 모두를 한 번에 쓸어버린 것이었다.

자욱한 연기가 서서히 가시기 시작했다.

남궁유한은 그 광경을 바라보며 희미한 미소를 지었다.

"소가주님, 이거 꽤 쓸 만합니다. 대체 이것의 이름이 무엇입니까?"

복삼이 흥미로운 얼굴로 남궁유한에게 물었다.

"일곱 번 호흡하기도 전에 정신을 잃는다는 혼절산이다. 칠흡혼절산(七吸昏絶散) 정도로 부르면 될까? 이름이야 무슨 상관이 있을까.”

남궁유한은 자신 근처에 서 있는 신폭풍대 일곱을 바라보며 물었다.

“해약은 효과가 있느냐?”

“무, 물론입니다. 독탄이 터진 후 오히려 정신이 더 또렷해졌습니다.”

“잘됐구나.”

남궁유한은 칠흡혼절산의 해약이 제대로 듣는다는 것을 확인하자 흡족한 미소를 지었다.

마도시대는 온갖 독이 성행했던 시대. 그중 하나가 이 칠흡혼절산이었다.

“팽 대공자, 하북팽가에서 한 손 거들 줄을 몰라 미리 양해를 구하지 못했네. 단지 정신을 잃게 하는 것이니 광풍삼십육 도객에게는 전혀 해가 될 일은 없을 것일세. 혹여 후유증을 겪는 도객이 있다면 내 직접 책임을 질 것이고.”

팽강과 수객 상호평은 그 내력이 대단해 칠흡혼절산이 터졌음에도 정신을 잃지 않고 버티고 있었다.

팽강은 독탄이 터지는 순간 크게 당황했으나 이제 간신히 정신을 추스르고 상황을 파악했다.

‘처음부터 이럴 생각이었나? 그렇다면 우리가 굳이 나서지 않았어도 남궁세가가 스스로 해결할 수 있는 일이 아닌가? 이거 민망한걸.’

팽강이 남궁유한에게 포권을 했다.

"숙부님의 지략 또한 대단하시군요. 이런 수를 준비했을 것이라고는 상상도 하지 못했습니다."

"팽가가 이번에 한 손 거든 일은 잊지 않겠네. 향후 우리가 팽가를 도울 일이 있다면 언제든 말만 하게. 남궁세가가 성의를 보일 것이니."

"하하하! 말씀만으로도 고맙습니다. 저희가 도운 일도 없는데 민망한 말씀입니다."

"마음이 중요한 것이지."

그런데 팽강과는 달리 수객 상호평은 불만이 많았다.

"사내답게 칼질로 해결해야 할 일을 사천의 당가 놈들처럼 독이나 뿌리고……."

그 소리에 남궁유한이 웃었다.

"칼질이 화끈하기는 하지. 그러나 그보다 중요한 것은 이기는 것. 흔한 말로 강한 자가 살아남는 것이 아니라, 살아남는 자가 강한 것이라 하지 않나? 우리는 살아남았고, 저들은 쓰러졌지. 누가 이긴 것인가?"

남궁유한이 눈빛을 번뜩였다.

"나에게 있어 최고의 덕목은 바로 이기는 것이다. 이길 수만 있다면 과정의 정당함이나 절차 따위는 개의치 않는다. 나는 자유로운 사람이며, 나는 그렇게 살아왔다."

그러며 아직 쓰러지지 않은 단목세가와 제갈세가의 잔존

인원을 노려봤다.

제갈세가에서는 제갈문도, 제갈연하 정도가 내력의 힘으로 칠흡혼절산을 견뎌냈을 뿐이다.

그리고 단목세가에서는 단목룡과 묵풍대의 고수급 인원 십여 명 정도가 남아 있었다.

제갈세가 귀령대가 모조리 쓰러진 것에 반해 단목세가 묵풍대는 십여 명이 남아 있으니 순수한 무공의 고하는 단목세가 묵풍대 쪽이 월등하다는 것을 입증하고 있었다.

그러나 이런 상황에서 그것을 따지는 것도 부질없는 일.

"곽상, 진 노인, 이제 끝내자."

그러며 팽강과 상호평, 그리고 도객 몇을 바라봤다.

"한 손 거들어주면 저들과 불편한 관계가 될 것인데 어찌할 것인가? 나서지 않아도 개의치 않겠네."

팽강이 웃었다.

"그럼 저희는 지켜만 보겠습니다. 그편이 후일을 위해서도 좋을 것 같군요."

남궁유한이 고개를 끄덕였다.

처음부터 하북팽가는 예상외였다. 그들은 그저 중심만 잡아주면 될 일, 그 이상은 바라지도 않았다.

그리고 어디까지나 마무리는 남궁세가의 힘으로 하는 것이 보기에도 좋았다.

"정리해라!"

그러자 곽상을 선두로 진 노인이 달려나갔다.

복삼도 마지못해 나가며 매타자와 초설, 아평과 아소 형제에게 말했다.

"아직 너희들이 낄 자리가 아니다. 그저 지켜보고 나중에 오늘의 빚을 갚아라."

아평과 아소는 그것이 못내 분했지만 어쩔 수가 없었다.

'언젠가는 우리도 저분들처럼 소가주님을 도울 수 있을 거야.'

"그럼 정리를 해볼까?"

남궁유한이 제갈문도를 노려봤다.

"이런 비열한! 남궁세가의 소가주씩이나 돼 암수를 쓰다니!"

제갈문도가 악을 썼다.

"흥! 너희의 그 무슨 무슨 병이니 하는 것들은 독이나 유황, 산 같은 것들을 쓰지 않았나? 우리는 동류인 줄 알았는데 말이야."

"그 무슨……."

"시끄럽다!"

남궁유한이 대갈을 터뜨리더니 한 번의 도약으로 제갈문도에게 향했다.

그러자 제갈문도 역시 자신이 가장 믿는 한 수를 뽑아냈다.

제갈문도가 자신의 몸을 빠르게 회전시켰다.

그러자 여의포승에서 원심력이 일어나기 시작했다.

회전하면서 안으로 모여드는 제갈문도의 구심력과 동시에 회전하며 밖으로 튀어나가려는 여의포승의 원심력이 발생했다.

그러자 한 수를 발하기에 충분한 회전력이 금세 모였다.

쉭!

제갈문도가 절묘한 손놀림으로 남궁유한을 향해 여의포승을 뿜어냈다.

그 몸놀림이 흡사 급속도로 돌던 팽이가 돌조각 하나를 팅겨내는 듯한 모습과 유사했다.

여의포박술의 절초 중 하나인 '원심포(遠心包)'였다.

여의포승은 남궁유한의 몸을 팽그르르 휘감아 돌더니 순식간에 그의 몸을 돌돌 말아버렸다.

그 순간 제갈문도의 손이 빠르게 움직이더니 곧바로 매듭을 지었다.

매듭을 지어 여의포승을 묶는 마무리 수법을 '묵철수(墨鐵手)'라고 불렀다.

묶인 자는 절대 풀 수 없는, 그 단단하게 조여짐이 묵철과 같다 해서 붙여진 이름이었다.

남궁유한은 또다시 여의포승에 묶였음에도 전혀 당황하지 않았다.

이것은 남궁유한이 스스로 의도한 바였기에.

‘이상하다. 너무 쉬워.’

제갈문도 역시 불길함을 느끼고 있었다.

원심포가 여의포박술의 절초라 하지만 남궁유한을 너무나 쉽게 제압한 것은 이치에 맞지 않는 일이었다.

아니나 다를까, 그 불길한 예상이 현실로 닥쳐왔다.

‘이럴 수가!’

남궁유한과 연결된 여의포승을 통해 자신의 내력이 썰물처럼 빠져나가고 있었다.

제갈문도의 내력 역시 수십 년의 고련 끝에 얻어진 것. 결코 적지 않은 양이었다.

그러나 순식간에 물이 마른 우물처럼 말라 버리고 있었다.

‘어떻게든 해야……’

제갈문도가 이에 대항하려 했으나 그것은 헛수고였다.

그의 내력은 남궁유한의 흡성대법에 모조리 빨리고 난 연후였다.

털썩!

온몸의 내력이 빠져나가자 제갈문도는 그 상태 그대로 자리에 주저앉고 말았다.

“숙부님!”

제갈연하가 난데없는 광경에 크게 놀라 소리쳤다.

분명 숙부 제갈문도가 여의포승으로 남궁유한을 제압하고 있다 여겼다.

그런데 숙부가 힘없이 쓰러지다니?

이해할 수 없는 일이었다.

제갈연하가 남궁유한을 노려봤다.

그리고는 다시 한 번 천선망을 운용해 남궁유한을 공격해 들어갔다.

열 가닥으로 갈라져 하나하나가 비수처럼 변한 적색 그물이 핏빛 노을 기운을 흩뿌리며 남궁유한에게 날아갔다.

팅! 팅! 팅! 팅!

그러나 그것은 전혀 위협이 되지 못했다.

남궁유한은 간단히 천선망을 팅겨내더니 발을 굴러 공중으로 도약했다.

탁!

제갈연하의 눈으로는 구분조차 할 수 없을 정도의 엄청난 속도로 다가온 남궁유한이 제갈연하의 목줄기를 움켜쥐었다.

"놀아주는 것은 끝이다."

제갈연하의 목줄기를 틀어쥔 남궁유한의 손에 힘이 들어갔다.

"으, 으윽……!"

제갈연하가 고통에 몸부림치며 악을 썼으나 남궁유한의 손아귀에 담긴 힘은 점점 강해져만 갔다.

찰싹! 찰싹!

그리고는 남궁유한이 제갈연하의 뺨을 후려갈겼다.

"나는 나를 공격한 자를 용서한 적이 없다. 그것이 남자든 여인이든 상관없이 말이다."

남궁유한은 모욕을 주고 있었다.

"살고 싶으냐?"

의식을 잃어가고 있던 제갈연하가 간신히 고개를 끄덕였다.

"흥! 살고 싶으면 내 발을 핥아야 할 것이다. 너를 시비로 부리겠다."

제갈연하는 살아야 한다는 본능만 남아 지금 무슨 얘기를 듣고 있는지도 깨닫지 못했다.

그저 살기 위해 고개를 끄덕였다.

천하사대미인 중 하나로 무수한 청년들에게 상사병을 앓게 만들었던 금설매 제갈연하가 시비가 되겠다고 고개를 끄덕이고 있는 것.

휙!

남궁유한이 제갈연하의 몸뚱이를 바닥에 내동댕이쳤다.

제갈연하는 잠시 꿈틀거리더니 몸이 축 늘어졌다.

그사이 잔당들을 모조리 처리한 곽상, 진 노인, 복삼이 다가왔다.

"소가주님, 이 자식은 어찌합니까?"

몰골이 말이 아닌 단목룡이었다.

"사, 살려주십시오!"

목숨을 구걸하는 단목룡을 향해 남궁유한이 비웃었다.

"흥!"

퍽!

그러더니 단목룡의 가슴팍을 발로 걸어찼다.

"우욱!"

단목룡이 입에서 피를 분수처럼 뿜어내더니 바닥을 뒹굴었다.

"상대할 가치도 없다. 저것들처럼 마혈을 제압해 끝을 맺어라."

남궁유한의 명에 따라 신폭풍대 일곱이 분주하게 움직이기 시작했다.

단목세가의 묵풍대, 제갈세가의 귀령대 전부 마혈을 제압했다. 그리고는 특히 제갈세가 귀령대가 가져온 기문병기들을 하나도 빠짐없이 모조리 수거했다.

제갈세가가 천하에 정확한 제조 방법을 감춰온 저 기문병기들을 얻는다는 것은 커다란 의미를 가지고 있었다.

저것들을 해체해 구조를 연구하고 재질을 분석할 생각이었다.

돈을 들여 장인을 모으고, 일정 시간만 투자한다면 제갈세가의 기문병기들을 남궁세가 역시 충분히 제조할 능력이 있었다.

남궁세가 역시 황금은 부족하지 않았으니.

"들었는가?"

합비의 한 객잔에 있는 이가 물었다.

"무슨 얘기 말인가?"

"남궁세가가 단목세가와 제갈세가를 보기 좋게 무릎 꿇렸다 하더군."

"허~! 그것이 사실인가? 천하의 단목세가와 제갈세가를?"

합비 백성들도 무림오대세가에 대해 모를 리가 없었다.

어쩌면 관부보다도 그들의 생활에 더욱 밀착돼 있는 오대세가가 그들에게는 더욱 가까우며, 그만큼 두려운 존재일지도 몰랐으니.

"그럴 리가 없을 텐데……. 남궁세가는 이미 몰락한 지 오래고, 단목세가와 제갈세가는 요새 한참 기세등등한 곳이 아니던가?"

"허허! 이 사람, 왜 이리 소식에 깜깜한가. 남궁세가에서 소가주를 세웠다네."

"남궁세가에는 이제 여인밖에 남지 않았을 텐데……."

"그것이 말일세, 세가를 말아먹은 전대 남궁천 가주가 젊은 시절 하남성 낙양에 씨를 하나 뿌렸다더구먼."

그러자 다른 이도 귀를 쫑긋 세웠다.

"씨를 뿌려? 허허!"

"우리 같은 것들이야 당장에 마누라한테 귀싸대기 맞을 짓거리일 것이나 그런 세가야 어디 첩실이 한둘인가?"

"그렇지. 가뜩이나 밤일 부실하다고 마누라한테 구박받는 상황인데 엉뚱한 곳에 씨를 뿌렸다가는 당장 물건 잘릴 일이지. 호호호!"

"허~! 쓸데없는 소리 좀 그만 하게. 하여튼 남궁천 가주의 숨겨진 아들이 세가에 찾아왔다네."

"그치가 그럼 그 남궁유한 머시기 하는 소가주인가?"

"그렇다네. 그런데 이 소가주가 대단한 인물이었다 이거지. 무공이면 무공, 지략이면 지략, 모자란 것이 없다 하더만."

"그럼 남궁유한 소가주가 단목세가와 제갈세가를 무릎 꿇렸단 말인가?"

"그렇지. 게다가 흑사회 주오마저 수하로 거둘 정도로 수완도 뛰어나다 하더군."

"헉! 흑사회 주오? 그 사람도 소가주 휘하로 들어갔단 말인가?"

근래에는 합비 땅에서조차 남궁세가의 이름보다 흑사회가 더 두려운 이름이었다.

"주오마저 한칼 먹고 소가주의 충복이 되기로 했다 하네. 사실 주오가 인상이 험악하고 흑도방 무리를 이끌고 있어서 그렇지, 남궁세가가 힘을 잃은 후 합비 치안을 잡아준 것이 그 사람 아니던가?”

모인 사람들이 고개를 끄덕였다.

“그렇긴 하지. 어차피 우리 같은 것들이야 나라에는 세금 내고, 무림인들에게는 보호세 내며 사는 운명인 것을. 그나마 흑사회가 합리적인 보호세를 받았으니 크게 불만은 없었다네.”

“보호세만 내면 파락호의 행패나 도적들 걱정 없이 안심하고 생업에 종사할 수 있으니 어쩌면 이익일지도 모르지. 물론 보호세조차 없으면 좋겠으나⋯⋯.”

그때였다.

한 사람이 객잔 안으로 허겁지겁 들어오더니 말했다.

“자네들, 소식 들었나?”

“무슨 소식?”

“남궁세가에서 오늘 이렇게 공포했다네. 앞으로 합비 땅에서 보호세를 받으려는 흑도방 무리는 이유를 불문하고 남궁세가의 적으로 간주하겠다고 말이야.”

그 소리에 옹기종기 모여 있던 이들이 깜짝 놀랐다.

“내가 잘못 들은 것은 아니겠지?”

“설마 그럴 리가⋯⋯.”

“아니네. 사실이라네.”

“에잉?”

긴가민가하던 이들이 그 소식을 전한 이에게 자세한 얘기를 듣더니 크게 기뻐했다.

일부는 어깨춤까지 덩실거릴 정도였다.

"살판났구나, 살판났어."

"남궁세가 만세다! 만세야!"

"남궁유한 소가주도 만세다!"

쾅!

남궁세가 창룡대 무사 전성이 창룡대를 이끌고 한 장원을 급습했다.

"남궁세가에 반항하는 자들을 모조리 끌어내라!"

퍽! 퍽! 퍼퍼퍽!

창룡대 무사들이 기민한 동작으로 이리저리 도주하려는 이들을 잡아들였다.

"감히 소가주님의 명을 거역하고 합비 땅에서 보호세를 갈취하려 하다니, 절대 용서치 말라는 소가주님의 명이시다!"

"으아악! 으악!"

연신 비명 소리가 터지고, 합비 땅에서 제법 세를 자랑하던 합비호걸파의 잡배들이 땅바닥에 무릎을 꿇었다.

합비호걸파 역시 흑사회의 하부 조직 중 하나였으나 주오를 따라 남궁세가에 흡수된 다른 조직과는 길을 달리했다.

남궁세가에 들어가 그들의 발이나 핥느니 흑도방 본연의 사업(?)인 보호세 갈취를 지속하려 했다.

“네가 합비호걸파 두목인 방오추라는 자냐?”

전성이 무릎 꿇린 중년 사내 하나를 보며 소리쳤다.

“그, 그렇다.”

“세가 옥으로 끌고 가라. 관부에서 원하면 바로 내어줄 것이나, 그전에는 네가 지은 죗값을 치를 때까지 세가의 옥에 갇혀 있어야 할 것이다.”

“요, 용서해 주십시오.”

“기회와 시간은 충분히 줬다. 끌고 가라!”

전성이 명하자 창룡대가 일사불란한 동작으로 합비호걸파 두목 방오추를 끌고 갔다.

“형님, 저한테 왜 이러시는 것입니까?”

합비에서 제법 세를 모으고 있던 흑도방 중 하나인 사호파(四虎派) 두목 마달고가 흑사회 주오에게 억울한 듯 항변했다.

“소가주님의 명이다.”

“형님, 형님이 언제부터 남궁세가의 밑이나 닦아주는 신세가 됐단 말입니까? 아직 늦지 않았습니다. 저희를 이끌고 합비를 일통해 주십시오.”

마달고는 끝까지 남궁세가에 복속되는 것을 거부했다.

“흑도방이면 흑도방답게 살아야 합니다. 허례허식과 규율에 얽매여서야 되겠습니까? 형님, 지금이라도 생각을 바꾸십시오. 이 달고가 형님을 돕겠습니다.”

주오는 마달고의 간청에도 불구하고 별말이 없었다.

“네가 지금이라도 합비 땅을 떠난다면 보내주겠다. 소가주님이 분명 나를 책할 것이나 그 정도는 이 형이 기꺼이 감수하겠다.”

주오의 결심은 확고했다.

자신은 소가주와의 승부에서 졌으며, 깨끗이 그 결과에 승복하고 있었다.

게다가 주오라고 언제까지나 흑도방 무리나 이끌며 무명소졸로 죽고 싶은 생각은 없었다.

‘이 주오도 한 번 훨훨 날아보리라. 소가주를 따르면 소가주가 이 주오에게 날개를 달아주리라. 대신 이 주오, 소가주를 결코 배신하지 않을 것이다.’

주오는 그러면서 마달고에게 마지막으로 말했다.

“떠나겠느냐, 아니면 죽겠느냐?”

싸늘하기 그지없는 어조.

마달고는 주오의 음성에서 돌이킬 수 없음을 깨닫고 말했다.

“이 달고, 차라리 형님 손에 죽겠소.”

주오는 그런 마달고를 보며 짧게 한숨을 내쉬었다.

합비에서 한참 끝까지 저항하던 흑도방 무리를 정리하고

있을 때였다.

안휘성 회남의 삼천방 정문 앞에는 곽상이 서 있었다.

"후우~! 이런 번잡한 일은 싫지만, 소가주가 백화예검을 대성하게 되면 나와 검을 섞겠다 했으니……."

검광 곽상이 소가주 남궁유한을 따르는 것은 오직 백화예검 때문이었다.

백화예검과 자신의 검법을 겨뤄 자신이 꿈에서도 그리는 최후의 검법을 완성하기 위함이었다.

그리고 내심 마인의 성정에도 딱 맞는 소가주가 마음에 들었다.

"소가주에게서는 마교의 향기가 물씬 풍긴단 말이지."

곽상은 진작부터 소가주에게 묘한 호감을 갖고 있었다.

같은 마인이 마인에게 끌린다는 그런 느낌이랄까?

그로서는 남궁유한이 진짜 마교의 마인이었을 것이라고는 꿈에도 생각지 못했다.

그저 묘한 끌림 정도로만 여기고 있었다.

"귀찮기는 하나 미룰 수는 없는 일!"

곽상이 그렇게 말하더니 회남제일의 방파인 삼천방을 향해 걸어갔다.

제갈세가가 안휘성 공략의 전초기지로 삼고 있는 곳이 삼천방. 소가주는 곽상에게 삼천방을 정리하라는 명을 내렸다.

곽상이 특유의 삐딱한 걸음으로 삼천방 정문 앞에 다가

갔다.

"크흡~! 캬! 퉤!"

곽상은 폐부 깊숙한 곳에 잠들어 있는 진국까지 모조리 빨아들여 가래침을 뱉었다.

진한 가래침이 대단한 암기처럼 삼천방의 편액 정중앙으로 날아갔다.

난데없이 어느 미친놈이 삼천방 편액에 가래침을 뱉자 정문 경비무사들이 고함을 질렀다.

"어떤 개자식이냐?"

곽상이 답했다.

"나? 남궁세가의 곽상이다!"

쿵!

그 소리에 경비무사들이 뒤로 벌렁 넘어갔다.

"캑! 나, 남궁세가……."

남궁세가가 안휘성 내에 제갈세가나 단목세가와 연결된 세력을 쓸어버리기로 선포한 상태.

그런 남궁세가에서 사람이 왔으니 경비무사들은 놀라 자빠질 수밖에 없었다.

게다가 곽상이라는 이름.

"방주님께 알려라!"

경비무사들이 허둥대기 시작했다.

"알리긴 뭘 알려? 삼천방은 오늘 박살난다!"

곽상이 회남의 삼천방을 향해 돌진하기 시작했다.

제갈세가의 비호를 받지 못하는 삼천방은 삼류도 못 되는 방회에 불과했다.

그들은 곽상이 제대로 검을 휘두르기도 전에 지리멸렬해 도주했다.

안휘성 무호의 회룡회 앞에는 남궁유한이 귀찮은 표정으로 서 있었다.

"귀찮군. 이런 곳까지 와야 하다니."

적잖이 짜증을 내던 남궁유한이 매타자에게 말했다.

"매타자야, 회룡회인지 토룡회인지 하는 곳의 정문을 부숴라."

"알겠지라."

그러더니 매타자가 꼬리에 불붙은 황소마냥 회룡회 정문으로 그대로 돌격했다.

"뭐, 뭐냐?!"

회룡회 무사들이 성난 황소 같은 매타자를 발견하더니 소리쳤다.

콰콰쾅!

그러나 그 소리가 끝나기도 전에 무식하리만치 단단한 매타자의 몸이 회룡회 정문을 부쉈다.

"비상이다! 비상을 알리는 타종을 해라!"

그리고 한 시진 후,

"다, 당신들은 누구요?"

회룡회 안에서 엉망으로 얻어터진 회룡회주 박만갑이 무릎을 꿇은 채로 물었다.

매타자가 답했다.

"남강세가의 매, 매타자여!"

"쓰읍!"

남궁유한이 그런 소리를 내자 매타자가 머리를 긁적였다.

"남경세가였던가?"

"남궁세가다, 이 녀석아!"

"아, 그랬지라."

남궁유한이 매타자를 보며 잠시 미소를 짓더니 회룡회주 박만갑을 노려봤다.

"내가 남궁세가 소가주 남궁유한이다!"

그가 자신의 신분을 밝히자 박만갑이 대경실색했다.

"나, 남궁세가 소가주!"

그리고는 바로 고개를 바닥에 처박고 빌기 시작했다.

"사, 살려주십시오!"

"내가 무슨 살귀라도 되는 것처럼 말하는구나. 긴말하지 않겠다. 두 수레 분의 짐을 싣고 오늘 중으로 무호를 떠나라. 다시 안휘성 내에 나타날 때에는 네 녀석 목을 남궁세가 정문 위에 걸어놓을 것이다."

박만갑은 힘없이 고개를 숙였다.

남궁세가를 찾아간 단목세가의 묵풍대가 모조리 포로가 됐다는 소문을 들을 때부터 이런 상황을 예상하고 있었다.

그 일로 인해 당분간은 안휘성 내에서 단목세가가 영향력을 발휘할 수 없을 것이다.

그 얘기는 회룡회를 밀어주고 있던 보호막이 사라졌다는 의미. 감히 남궁세가에 대항할 수는 없었다.

'훗날을 기약하는 것이 나으리라.'

"알겠습니다."

남궁세가가 단목세가와 제갈세가를 무릎 꿇린 사실은 금세 무림에 퍼졌다.

단목세가가 자랑하는 고수 단목대운이 폐인이 되고, 묵풍대가 모조리 포로가 됐다는 소문에는 무림이 화들짝 놀랄 지경이었다.

또한, 제갈세가의 제갈문도와 귀령대 역시 포로가 돼 그들이 자랑하는 기문병기마저 모조리 빼앗겼다는 사실도 알려졌다.

더욱이 무림의 후기지수들의 마음을 아프게 만들었던 사실은 금설매 제갈연하가 남궁세가에 억류됐다는 사실이었다.

절세미녀를 숭배하는 청년 고수들로 이뤄진 호화단(護花

團) 같은 것은 생기지 않았으나 이 일로 무림이 들썩였다.

단목세가와 제갈세가는 그야말로 초상집 분위기였고, 하루가 멀다 하고 남궁세가에 전령을 보냈다.

이대로 끝까지 해보자는 것이냐며 협박을 하기도 했고, 인질을 잡는 것은 정파로서 할 일이 아니라며 대의를 따지기도 했다.

또한, 무림오대세가로서의 정리가 있는데 이것은 너무 가혹하다며 인정에 호소하기도 했다.

그러나 두 세가로서도 세가 직계 사람들과 세가의 핵심인 묵풍대와 귀령대가 포로로 잡혀 있는 상황에서는 달리 뾰족한 수가 없었다.

더구나 하북팽가가 간접적으로나마 남궁세가 편에 서겠다는 뜻을 표한 이상에는 무력으로 해결할 수도 없는 노릇이었다.

그리고 전통적으로 남궁세가와 혼인 관계로 묶이기도 했던 사천당가가 남궁세가에 소가주가 섰음을 축하하는 사절을 보내옴으로써 더욱 그러했다.

단목세가와 제갈세가는 그야말로 벙어리 냉가슴 앓듯 그저 남궁세가의 선처만을 바랄 뿐이었다.

그리고 남궁세가가 전격적으로 안휘성의 다른 세력들을 정리하자 그 행보에 전 무림이 주목하기 시작했다.

“그래서?”

남궁유한이 삐딱한 자세로 앉아 남궁세가 회의장에 모인 삼십 명의 남자들에게 말했다.

그러자 그 한마디만으로도 자리에 모여 있는 남자 모두가 움찔했다.

“앞으로 충성을 맹세하겠으니 지난 잘못은 깨끗이 잊어달라? 흥!”

남궁유한이 코웃음을 치자 모여 있던 사내들이 모두 고개를 숙였다.

죽을죄를 지은 것처럼 남궁유한 앞에서 꼼짝도 하지 못하는 이들은 바로 합비에서 남궁세가의 일을 맡은 이들이었다.

쌀 재배 농장주 다섯, 면화 농장주 둘, 소와 돼지 등을 기르는 목장주 셋, 그리고 남궁세가가 조정의 위탁을 받아 운영하는 철광과 은광, 구리 광산 관리자 등이었다.

여기에 중추절까지 세가로 오라 했던 강소성 소주의 벽라장주, 절강성 항주의 용정장주, 호북성 은시의 옥로장주까지 알아서 모여 있었다.

남궁세가의 외부 재산을 관리하는 이들이 모두 집결해 있는 것이었다.

“무작정 너희들을 내치면 너희들은 억울하다 하겠지? 그럼, 본 가에서 통제를 하지 못하는 동안 너희들이 해먹은 것들을 한번 털어볼까?”

꿀꺽!

삼십 명의 세가 재산 관리인들이 마른침을 삼켰다.

세상에 털어서 먼지 안 나오는 이 없다.

더구나 남궁세가 본가의 통제력이 사라진 후, 자신들의 배 채우기에 급급했던 그들이었으니.

“소, 소가주님, 하명해 주십시오. 어찌하면 저희들의 지난 죄를 씻을 수 있겠나이까?”

“글쎄… 너희들이 내 발이라도 핥는다면 모를까.”

남궁유한의 그 말에 사내들이 흠칫했다.

“그게 좋겠군. 내 발을 핥는 자들은 용서한다. 못하겠으면 세가를 떠나라!”

남궁유한이 충동적으로 보이는 선언을 하자 사내들의 반응은 제각각이었다.

일부는 아랫입술을 깨물었고, 상당수는 은근히 분노를 가슴에 품었다.

탁!

남궁유한이 탁자 위에 자신의 발을 올려놓았다.

“시작해라!”

농이 아니었던 것이다.

남궁유한은 진실로 그리하기를 원하고 있는 것이었다.

‘이, 이런 미친! 저자가 제정신인가?’

사내들은 어이없는 표정으로 남궁유한을 바라봤다.

이 자리에 모인 서른 명은 십여 명 정도와 스무 명 정도의 두 무리로 갈렸다.

십여 명 정도는 발이라도 핥아 지난 죄에 대한 용서를 구하려는 사람들이었다.

그리고 스무 명은 절대 그럴 순 없다는 이들이었다.

말로만 용서를 빌겠다 한 스무 명 중 하나가 소리쳤다.

"선비를 죽일 수는 있어도 모욕할 수는 없다 했습니다!"

그 사내의 말에 다른 이들이 동조했다.

남궁유한은 웃었다.

"흥! 그럼 너희들이 선비냐?"

"……."

"선비가 본 가의 어려움을 틈타 세가를 속이고 세가의 재산을 빼돌려 사리사욕을 채웠단 것이냐? 그런 것이 선비였구나, 그런 것이 선비였어. 하하하!"

"그, 그것이 아니라……."

일종의 비유였다. 그러나 남궁유한에게 그런 말장난 따위가 통할 리가 없었다.

"백번을 양보해 너희들이 선비라고 치자. 그래, 그래. 모욕하지는 않으마. 대신……."

꿀꺽!

"죽여주마!"

쾅!

남궁유한이 주먹으로 탁자를 내려쳤다.

와장창!

묵직한 탁자가 완전히 박살이 났다.

그리고 남궁유한에게서 풍겨오는 무시무시한 살기.

스무 명의 사내들은 다리가 후들거리기 시작했다.

'소가주가 정말 우리를 죽이려 한다!'

터벅터벅! 터벅터벅!

남궁유한이 그들에게 걸어오는 발걸음 소리가 천둥소리보다 크게 들렸다.

털썩!

말로만 용서를 빌었던 스무 명의 사내들이 일제히 남궁유한 앞에 엎드리더니 소리쳤다.

"사, 살려주십시오!"

그들 중 일부는 바닥을 기어와 남궁유한의 발을 개처럼 핥으려 했다.

"필요없다! 죽이지는 않으마. 지금 당장 세가를 떠나 안휘성 밖으로 떠나라. 너희들이 안휘성에 다시 나타났다는 소문이 들리면 죽지도 살지도 못하게 만들어주마."

"소, 소가주님……."

"참고로 일인당 은자 열 냥이다. 그 이상 가지고 떠나려는 도박을 해도 좋다. 단, 도박에 걸어야 하는 판돈은 너희들의 모가지일 것이다."

그러더니 일갈을 터뜨렸다.

"꺼져라!"

남궁유한의 일갈에 스무 명의 남자가 바닥을 기어 회의장을 빠져나갔다.

'흥! 버러지 같은 것들!'

남궁유한은 애당초 저들을 죽일 생각이 없었다.

남궁유한이 자비로워서가 아니었다.

마인이라 해서 피를 즐기는 것이 아니다. 아니, 오히려 피 흘리는 것을 더욱 꺼려하는 면이 있었다.

마땅히 흘려야 할 피라면 장강조차 배 터지게 채울 정도의 피를 흘린다. 그러나 굳이 흘리지 않아도 될 피는 피한다.

진정한 마인은 자유를 사랑하는 사람들이지 피에 미친 살귀가 아니기에.

남궁유한은 스물을 내쫓더니 남아 있는 열 명의 남자들을 바라봤다.

그러자 애당초 발이라도 핥아 용서를 구하고자 했던 그들은 알아서 남궁유한 앞에 엎드렸다.

그리고는 남궁유한의 발을 핥으려는 자세를 취했다.

그런데,

"됐다. 애당초 이를 시키고 싶은 생각조차 없었다. 그러니 일어나라."

직전까지 살기를 폭사시키던 마인이 아니라 느긋하기 그

지없는 넉넉한 마인으로 돌아와 있었다.

일견 얼굴에는 미소까지 지으면서.

"누구나 실수는 한다. 누구나 환경에 휩쓸리기 마련이다. 그리고 주인 없는 물건에는 욕심이 나기 마련이다. 그렇지 않다 말하는 이는 성인군자거나 속마음을 숨기는 위선자일 것이다."

남궁유한이 묘한 미소를 지으며 말을 이었다.

"실수를 하고도 진정 용서를 구할 수 있는 자는 용서한다. 그러나 누가 진실로 용서를 구하려 하는지를 가려내고자 했다."

남궁유한의 말을 듣더니 열 명의 사내들이 크게 감탄했다.

'그런 의도였던가? 우리 같은 것들은 감히 소가주의 그릇을 가늠키 어렵구나.'

"그러나 실수가 두 번이 되면 그것은 더 이상 실수가 아니다. 무슨 뜻인지 알아듣겠는가?"

쿵! 쿵! 쿵!

사내들이 머리를 땅에 찧으며 소리쳤다.

"물론입니다! 앞으로는 절대 남궁세가를 배신하지 않을 것입니다!"

"이번 일을 교훈 삼아 앞으로는 세가를 위해 이 한 몸 바치겠나이다!"

"오늘의 일, 죽을 때까지 잊지 않겠나이다!"

남궁유한은 바닥에 엎드려 머리를 조아리고 있는 열 명의 사내들을 일일이 일으켜 주었다.

그들은 남궁유한이 손을 잡고 세가에 죄를 지었던 그들을 일일이 일으켜 세워주자 크게 감격했다.

"나와 같이 남궁세가를 천하제일세가로 만들자. 우리 함께 남궁세가를 무적세가로 만들자!"

사내들이 가슴이 뜨거워져 소리쳤다.

"존명! 무적 남궁세가가 되는 날까지 이 한 몸 불사르겠습니다! 믿어주십시오!"

남궁유한이 그들의 등을 토닥여 주며 말했다.

"믿겠다. 그대들도 나를 믿으라. 내가 가장 선두에 서서 남궁세가를 고금제일세가로 만들 것이니!"

사내들의 가슴은 활활 불타오르고 있었다.

"어머님, 그간 심려가 많으셨습니다. 하나 이제부터는 심려 놓으소서. 세가 내부의 문제를 정리했고, 재기의 기반을 닦았습니다."

아무리 바쁜 일이 있어도 하루도 빠지지 않고 태상부인 당혜에게 문안 인사를 오는 남궁유한이었다.

비록 첫 만남은 기묘하게 꼬였다.

일견 그를 믿지 못해 삼신혈뇌고까지 하독한 악연까지 잊었다.

그러나 어느 순간부터 당혜는 남궁유한이 그렇게 든직해 보일 수가 없었다.

"그러하냐? 다 네가 애쓴 덕이지."

"아닙니다. 다 어머님께서 세가의 중심을 잡아주신 때문이지요."

"이 늙은이가 뭐 한 일이 있다 그러느냐."

당혜는 흐뭇한 얼굴로 남궁유한을 바라봤다.

'아쉽구나. 이 아이가 진짜 남궁가의 핏줄이었다면 얼마나 좋았을까.'

진심이었다.

아직도 남궁유한의 과거가 의혹에 싸여 있어 그것이 마음에 걸렸지만, 남궁유한이 진심으로 남궁세가를 위해 동분서주하고 있다는 것만은 믿을 수 있었다.

남궁유한의 혈관 속에 남궁가의 피가 한 방울이라도 흐르고 있다면 당혜는 지금 당장 눈을 감아도 여한이 없겠다는 생각조차 할 정도였다.

"유한아, 내 친정 되는 사천당가에서 네가 소가주가 된 것을 축하하는 사절이 당도했단다."

"들어서 알고 있습니다. 조량 총사를 시켜 예로써 맞으라 여러 차례 당부했습니다."

"나는 남궁가의 귀신이 될 사람이다. 내가 당가 사람을 너에게 소개해 주려는 것은 다름이 아니다. 당가와 인연을 맺어

두면 너는 물론 남궁가에 커다란 힘이 돼줄 것이기에 그러한 것이다."

당혜는 조심스러웠다.

혹여 친정 세력인 사천당가를 남궁가에 들이려 한다는 오해를 살 수도 있는 일이었기에.

"알고 있습니다."

남궁유한이 그리 말하자 당혜는 적잖이 안도했다.

"당가는 다른 사대세가와는 달리 사천성에 외따로 떨어져 있다. 사천성 밖으로 그 영향력을 넓히려 하지 않아 세상은 당가의 진정한 힘을 모른다. 그러니 당가와 돈독한 관계를 맺어둬 나쁠 것은 없을 것이다."

팽가는 당연히 하북성에 있고, 제갈세가는 호북성 무한, 단목세가는 호남성 무창에 있다. 남궁세가는 물론 안휘성 합비에 본가를 두고 있고.

무림오대세가 중 네 개의 세가가 하북에서 안휘까지 거의 세로로 중원의 중북부에 자리하고 있는 것이다.

그런 지리적 상황으로 인해 같은 무림오대세가로 불려도 사천당가는 조금은 특별한 위치에 있었다.

"당가는 출가외인에게는 유독 엄격한지라 그간 교류가 적어 잘은 모르나 당산산(唐珊珊)이란 여아가 총명하기 그지없다 하는구나. 나에게는 손녀가 된다 하는데 나 역시 얼굴은 본 적이 없단다."

당혜는 유독 당산산이라는 이름을 거론했다.

남궁소소란 아이와 류한이 정혼을 했다 하나, 이제는 눈앞의 청년이 영원히 남궁유한으로 살아줬으면 했다.

진실로 어미 대접을 받을 수도, 아들이 될 수도 없음은 당혜도 남궁유한도 알았으나 가능하다면 이 관계를 끝까지 가지고 가고 싶었다.

"한 번 만나는 보겠습니다."

"당산산이라는 아이는 현 당가주의 외동딸이다. 당가주에게 여러 아들이 있으나, 그 아이만큼 총애하는 아이가 없다 한다. 그 아이의 오라비들도 그 아이에게는 모두 양보를 한다 하는구나."

남궁유한이 당산산과 연을 맺을 수 있다면 사천당가가 절로 남궁세가의 우군이 될 수 있다는 의미.

이는 이미 오대세가의 백 년 평화시대가 끝난 마당에 더할 나위 없는 힘이 될 것이다.

"아연이 또한 팽강 공자와 혼약이 돼 있다. 돌아가는 상황을 보아하니 팽가 역시 이제는 아연이를 며느리로 맞을 생각인 듯싶다. 그렇게만 되면 우리 세가는 팽가, 당가와 힘을 합칠 기회를 얻게 된다. 아니, 최소한 그들과 얼굴을 붉히지는 않게 될 것이다."

일단 평화시대가 끝난 이상, 어떤 식으로든 오대세가 사이에 합종연횡을 시작해야 했다.

그 어떤 세가도 홀로 다른 사대세가 전부를 제압할 수는 없는 노릇이기에.

단목세가와 제갈세가가 이미 손을 잡은 마당에 다른 세가들도 헤쳐 모여를 할 시기가 된 것이다.

남궁세가, 하북팽가, 그리고 사천당가가 연수를 한다면 능히 단목세가와 제갈세가를 찍어 누를 수 있을 것이다.

남궁유한 역시 당혜의 말에 담긴 뜻을 충분히 이해했다.

'그리고 무림오대세가를 하나로 묶을 수 있다면 십만마교에도 그리 꿀리지는 않을 세력이다. 당대의 마교 교주인 비천신마 한평 교주를 암살하는 것도 막고, 정마대전의 발발도 막을 수 있을 것이다.'

남궁유한은 속으로 따져 봤다.

비천신마 한평이 암살당한 것은 자신이 살던 시대에는 누구나 알고 있었다.

그런데 정작 누가 당대의 최강고수였던 교주를 죽일 수 있었는지는 의문에 휩싸여 있었다.

그저 교주의 시체에 소림 고유의 보리무상장(菩提無上掌)의 선명한 장인(掌印)이 찍혀 있을 따름이었다.

이를 두고 십만마교는 당장에 소림에 따졌고, 소림은 당대의 소림 제자 중 보리무상장을 익힌 이는 없다며 관련을 극구 부인했다.

이로 인해 크게 분란이 일어났고, 결국 십만마교가 더 이상 참지 못하고 감숙성의 공동파를 쓸어버리면서 정마대전이 발발했던 것이다.

남궁유한이 남궁세가를 진심으로 일으키려 하는 것도 궁극적으로는 그 일을 조사하고 마교 교주의 암살을 막기 위함이었다.

그를 위해서는 세력이 많으면 많을수록 좋았다.

힘이 아무리 많아도 마교의 일을 조사하기 위해서는 모자람이 있을 터이다.

"당산산 소저를 살갑게 대하겠습니다."

"그래, 잘 생각했다."

"연 매, 오늘도 미안하오."

당분간 남궁세가에 머물기로 한 팽강이 남궁아연에게 사과했다.

벌써 달포째 남궁아연을 만나 하루도 빠짐없이 그녀에게 사과를 하고 있는 것.

어제도 미안하다 말했고, 내일도 미안하다 말할 생각이었다.

그것으로 족할 리 없으나 팽강은 최소한 그리라도 해야 한다고 믿고 있었다.

"다 내가 못나서 그런 것이었소. 연 매를 사모하는 내 마음이 고작 세가의 이해득실을 넘지 못했다는 사실이 부끄럽기만 하오."

팽강은 팽가에서 노골적으로 남궁아연과의 혼인을 미뤄왔
던 것을 거듭 사과했다.

"아니에요. 남궁세가가 몰락했던 것은 천하가 아는 사실,
팽가 어른들께서는 그 점이 마음에 걸렸던 것이겠지요."

남궁아연은 제갈가의 제갈연하와 팽강의 혼담이 비밀리에
오간다는 얘기를 얼핏 들은 적이 있었다.

물론 중간에 무엇이 맞지 않아 틀어졌는지는 모르나 혼담
이 결국 성사되지는 않았다.

"오라버니는 더할 나위 없이 좋은 분이나, 무리하게 팽가
로 시집가고 싶은 생각은 이제 없어요. 팽가 어른들 마음에
드는 여인이 있다면 파, 파혼을 하셔도 서운타 하지 않을 것
이어요."

"파혼이라니? 그 무슨 말이오? 내가 연 매를 이리도 연모하
고 있는데 당치도 않소!"

팽강은 남궁아연이 자신을 쌀쌀맞게 대하는 것을 당연하
다 여겼다.

누군들 그렇지 않을까?

남궁세가가 한참 힘들 때, 정혼자라는 사람과 그 가문이 미
적지근한 태도를 보이며 일견 외면하기까지 했다면.

'이를 어쩐다. 다 나와 우리 가문의 허물이니…… . 어른들
이 말린다 해도 내 진작에 남궁가에 와서 연 매를 도와야 했

던 것을. 지금 후회한들 무엇 할까?

"연 매, 내 우리 팽가에 연통을 보냈소. 빠른 시일 내에 길일을 잡아주지 않으면 이 팽강, 남궁가의 데릴사위로 들어가 버리겠노라고. 팽강이 남궁강이 될지도 모른다며 말이오."

팽강은 진심이었다.

정 세가 어른들이 반대를 한다면 남궁가의 데릴사위로라도 들어갈 작정이었다.

물론 그리되면 난리가 나겠지만.

"그렇게까지 하고 싶지는 않아요. 팽가 어른들은 멀쩡한 팽가의 대공자를 꼬인 요녀라 저를 손가락질하실 거예요."

"허허! 아니오, 아니오."

팽강은 속이 바싹바싹 타 들어갔다.

대체 얼마나 서운했으면 그 밝고 쾌활하며 따뜻한 성품이던 연 매가 자신을 이리 차갑게 대할까 하며.

"연 매, 우리 황산의 절경이라도 구경하러 가지 않으려오? 내 일전에 그 얘기를 소가주 숙부께 했더니 날만 잡으라 하더이다."

소가주 숙부라는 말에 아연이 바로 반응했다.

"숙부님이… 황산에 가신다 했나요?"

유한과 단둘이 있을 때는 오라버니라 부르나 외인 앞에서는 숙부라 부르는 것이 당연했다.

아연이 관심있어하는 반응을 보이자 기회다 싶어 팽강이

말했다.

"하하하! 안휘까지 왔는데 황산의 절경을 구경하고 가지 않으면 천하의 바보가 될 것이 아니오? 그리고 연 매에게 사과를 하고 싶기도 해 유한 숙부께 내 억지를 부렸다오."

요즘 유한은 무척 바쁘다.

아연마저 그와 차분히 앉아 차 한 잔 마시기 힘들 정도로.

왠지 유한이 자신과 멀어지고 있다는 느낌을 가지고 있어 더더욱 기분이 좋지 않은 아연이었다.

"그럴… 까요……."

"하하하! 알았소. 그럼 그리 알고 내 준비하겠소."

팽강은 황산 구경을 간 김에 아연의 서운한 마음을 모두 풀어놓으리라 다짐했다.

"황산 남쪽 기슭의 탕구(湯口)란 곳에 있다고?"

유한이 묻자 복삼이 답했다.

"확실합니다."

"그래……."

유한이 잠시 생각에 잠기자 복삼이 양손을 비비며 말했다.

"소가주님, 그거 있잖습니까?"

"그거?"

"아, 다 아시면서 왜 이러십니까. 칠흡혼절산 말입니다."

"칠흡혼절산을 왜?"

"소가주님과 저 사이니 뭐 감출 것이 있겠습니까. 이번에 제가 발품을 좀 팔았으니 그거 제조법을 가르쳐 주시면 안 되겠습니까?"

"알아서 무엇에 쓰게?"

"흐흐흐! 일곱 번 호흡하기 전에 사람을 제압하는 그거, 꽤 쓸 만해 보입니다. 저희 하오문도 유용하게 사용할 수 있을 듯싶습니다."

칠흡혼절산의 효과는 탁월했다.

세상에 일곱 번 호흡하기 전에 상대의 의식을 잃게 하는 독은 그리 많지 않았으니.

"소가주님도 아시다시피 제가 하오문 서른두 개의 연꽃 중 막둥이 아니겠습니까? 칠흡혼절산이라도 얻어 공을 쌓으면 승진에도 적잖은 도움이… 흠흠!"

하오문의 문주를 일컬어 금빛 연꽃이라 칭하고, 그 아래 천하에 산재해 있는 서른두 개 지부를 관리하는 자들을 서른두 개의 연꽃이라 불렀다.

외모와는 전혀 어울리지 않지만 그 서른두 개의 연꽃 중 하나가 이 복삼이었다.

"특별할 것은 없으나 네가 필요하다면 제조법을 가르쳐 주마."

"훗! 감사합니다."

"대신."

복삼이 귀를 쫑긋 세웠다.

"대신?"

"이화장원에서 내 뒤를 캐는 일은 그만두라 전해라."

복삼은 그 말에 짐짓 놀라는 척을 했다. 그러나 곧 능글맞게 웃으며 말했다.

"알고 계셨습니까?"

"그저 추측했을 뿐이다. 아마 그럴 것이라고. 물론 하오문 외에도 여러 세력에서 그곳을 파고 있겠지."

"소가주님은 이곳에 앉아서도 만 리를 보는 듯하군요."

"이놈아, 아부는 그만둬라."

"사실 궁금하지 않습니까? 소가주님 정도 되는 걸출한 인물이 갑자기 하늘에서 뚝 떨어지다니요. 저희 금빛 연꽃께서도 무척 궁금해하고 계시답니다."

"훗! 개봉부의 개방 총타에 웅크리고 있는 금빛 연꽃 말이냐?"

그런데 그 소리에 복삼이 자지러질 정도로 놀랐다.

"무, 무슨 말씀이십니까?"

"이놈아, 말 더듬는다. 네놈이 언젠가 그랬지? 숨길 것 없는 놈은 말도 안 더듬는다고."

"제가 그랬습니까?"

"이놈아, 네놈이 딴생각 품으면 내가 청해성 십만대산에 올라 하오문 금빛 연꽃이 개방 총타에 똬리를 틀고 있다고 고래고래 소리를 지를 참이다. 십만마교에서는 눈엣가시 같은 금빛 연꽃을 잡기 위해 정예 중의 정예라는 수라대를 투입할지도 모르지.”

“헉!”

하오문은 천하의 상인, 기녀, 점소이, 도박사, 농부, 대장장이 등의 하류층으로 이뤄진 점조직이다.

하오문이 제멋대로 흩어져 있는 것 같아도 워낙 많은 이들이 수집하는 정보들을 정리하고, 쓸 만한 정보를 선별할 사람들이 필요했다.

특히 원석 상태로 들어오는 정보를 가공하는 분사(分士)들이 하오문의 핵심이었다.

그런 이유로 하오문 총타 분사들의 역할이 클 수밖에 없으며, 분사들을 거느리고 있는 하오문주의 비중이 클 수밖에 없다.

오히려 다른 세력보다 중앙 의존도가 더 큰 세력이 하오문일지도 몰랐다.

그랬기에 문주와 분사들이 모여 있는 곳은 하오문 최대의 비밀이며, 그들만 잡을 수 있다면 하오문은 원석 상태의 정보는 넘치나 정보다운 정보를 뽑아낼 수가 없게 되는 것이다.

남궁유한이 하오문의 문주와 분사들이 있는 곳을 안다는 것은 하오문의 목줄을 잡고 있다는 의미와도 동일했다.

“하오문도 참 교활하지. 하오문과 더불어 천하에서 손꼽히는 정보통인 개방 내부에 기생하고 있었다니 말이야. 누가 상상이나 했을까? 개방 안에 하오문 총타가 있을지.”

남궁유한이 그러며 복삼을 곁눈질로 살폈다.

복삼은 가벼운 경련마저 일으키고 있었다.

“걱정 마라. 너와 내가 어떤 사이인데 십만대산에서 그 소리를 해대겠느냐?”

그러자 복삼이 안도의 한숨을 쉬었다.

저렇게 자세히 알고 있는데 발뺌을 해봐야 소용없다는 것을 느낀 복삼이 웃었다.

“흐흐흐! 소가주님, 너무 많은 것을 알고 있습니다. 죽어줘야겠습니다.”

물론 잡놈 복삼의 익살이었다.

“능력이 되면 그리해라. 단, 그 시도를 하기 전에 네 목숨은 물론 하오문 전체의 운명을 걸어야 할 것이다.”

남궁유한의 눈빛이 빛났다.

“그럴 생각이 아니라면… 내 앞에서 꿇어라!”

쿵!

“꿇었습니다. 흐흐흐!”

복삼이 남궁유한 앞에서 장난스럽게 무릎을 꿇었다.

“복삼, 내가 하오문을 보호해 주마.”

“보호해 주신다굽쇼?”

“하오문 총타는… 십 년 후에 몰살을 당한다.”

“캑! 어떤 잡놈들이 대하오문을 몰살시킵니까?”

“세상에 그런 악당 놈이 누가 있겠느냐? 십만마교지.”

남궁유한이 십만마교를 대악당이라 칭하며 웃었다.

“헐! 소가주님은 천문지리를 읽어 미래라도 보시는 것입니까?”

“믿어라. 내 일이 성공하지 못하면 하오문은 씨가 마른다. 금빛 연꽃은 병신이 된 채 색주가에 팔려 사내들에게 처참하게 농락당하게 된다.”

그랬다.

정마대전이 발발하자마자 십만마교는 정파의 정보통을 끊는다고 개방과 하오문을 가장 먼저 몰살시켰다.

천하의 거지들과 하류층으로 모인 두 문파를 어찌 몰살시킬 수 있었을까.

답은 간단했다.

조금이라도 의심이 가는 것들은 모조리 죽이는 방식으로.

천하에 거지들의 시체가 넘쳐 났고, 힘없는 하류인생들의 피로 장강마저 메울 정도였다.

정마대전이 달리 천하대란이 아니었던 것이다.

이미 미래를 알고 있는 유한과 달리 복삼은 그 얘기를 믿을 수 없었다.

소가주가 그저 농을 던지고 있는 것이라고 여겼다.

어찌 믿을 수 있겠는가?

"보호해 주신다라……. 그렇지 않아도 금빛 연꽃께서 날을 잡아 소가주님과 한번 만나고 싶다 했습니다. 만나보시겠습니까?"

복삼이 은근슬쩍 유한의 의중을 물었다.

"금빛 연꽃이 대단한 미인이라지?"

"헛!"

"세상에 미인 싫다는 남자 보았느냐?"

"금빛 연꽃을 보신 것처럼 얘기하십니다."

"훗! 황산에 다녀온 후 적당한 시기를 잡아라. 그리고 하오문에서 분사 몇을 보내주면 고맙겠다고 전하고."

"분사 말입니까? 세가에서 쓰시려나 보군요. 금빛 연꽃께 전하겠습니다."

유한이 복삼과 한참 얘기를 나누고 있을 때였다.

"소가주님, 사천당가의 일수만천 당호유 대협과 당산산 소저가 뵙기를 청합니다."

가주실 밖에서 시비가 그리 알리자 남궁유한이 말했다.

"안으로 모셔라."

곧바로 문이 열리며 가는 얼굴선에 턱에는 수염을 멋들어지게 기르고 있는 일수만천 당호유가 들어왔다.

그리고 활동하기 편한 경장 차림에 머리는 아래로 촘촘히 땋아 허리까지 늘어뜨리고 있는 여인 하나가 따라 들어왔다.

탁!

일수만천 당호유가 남궁유한에게 포권을 하며 말했다.

"남궁세가 소가주님을 뵙습니다. 당가의 당호유라는 사람입니다."

사십 줄에 접어든 당호유가 남궁유한보다 나이가 많았으나 남궁유한은 남궁세가의 소가주였다.

정식 오룡제의 추인이 없어 남궁세가 가주가 된 것은 아니나, 실질적으로 남궁세가의 가주였다.

남궁세가 가주에게 존대를 하는 것은 당연했다.

"당가 자손인 당산산이라고 합니다."

"내가 남궁유한이오."

남궁유한도 자신을 소개하더니 복삼을 바라봤다.

"나가보거라."

"알겠습니다."

복삼이 자리를 비키자 남궁유한이 당호유와 당산산에게 자리를 권했다.

세 사람이 자리에 앉자 당호유가 남궁유한에게 자그마한 목함을 내밀었다.

"저희 당가의 가주님께서 예물로 보내오신 것입니다. 마음 같아서는 직접 오시어 교분을 나누고 싶은 심정이라 하셨으나 그러지 못해 아쉽다 하셨습니다."

그 목함을 받은 남궁유한이 물었다.

"이것이 무엇이오?"

"저희 당가에서 최근 제조한 '당가구명단(唐家求命丹)' 백 알입니다."

당가구명단. 이름은 평범했으나 극히 귀한 물건이었다.

사천당가야말로 독의 종주. 독을 다루고 해독하는 것에 있어서는 당가를 따라올 곳이 없었다.

하지만 그런 사천당가라 해도 천하의 만 가지 독을 모두 해독하는 해독제를 만들 수는 없었다.

그래서 생각해 낸 것이 어떤 독이든 그 독성을 칠 주야 동안은 억제하는 구명단.

당가에서 천하의 수만 가지 독을 분석해 그 어떤 독에 중독되더라도 칠 일 동안 생명을 부지할 수 있는 구명단을 만들어 낸 것이다.

그 어떤 곳에서 독에 중독되더라도 밤새 쉬지 않고 말을 달린다면 칠 주야 안에는 사천당가에 당도할 수 있을 터.

당가구명단만 가지고 있다면 천하의 그 어떤 독에 중독되더라도 살아남을 수 있는 가능성을 가지게 되는 것이다.

천하를 주유하다 보면 무수한 독과 마주해야 하는 무인에게는 마지막 구명줄과도 같은 구명단이니 부르는 것이 값이었다.

당가가 원치 않으면 만금을 주고도 구할 수 없다는 귀한 물건이 바로 당가구명단이었다.

그런 당가구명단을 백 알이나 보내온 것으로 보아 당가가 이번에 단단히 마음을 먹은 것 같았다.

남궁유한도 당가구명단의 가치를 잘 알고 있었다.

정마대전 당시 자신 또한 당가구명단을 먹고 목숨을 구한 적이 있었으니 더더욱 그러했다.

"사양하는 것은 예가 아닐 터, 감사히 받겠소."

그러더니 남궁유한이 상의 안에 입고 있던 내의를 그 자리에서 벗었다.

처음 만나는 이 앞에서 부끄러운 줄도 모르고 내의를 벗다니…….

게다가 시정의 잡배도 아니고 명문 남궁세가의 소가주라는 이가.

이것은 무례한 행동이라는 생각에 당호유가 살며시 미간을 찌푸렸다.

그러나 남궁유한은 그에 개의치 않고 그 내의를 탁자 위에 올려놓았다.

"당가구명단 같은 귀한 물건을 받았으니 마땅히 답례를 해야 할 것이오. 그러나 미리 준비를 하지 못했소. 일단 이것을 드릴까 하오."

남궁유한이 즉석에서 벗어준 내의.

그 행동 자체는 예에서 벗어난 것이었으나 남궁세가의 소가주가 몸에 입고 있던 것이라면 하찮은 물건일 리가 없었다.

그런 생각을 하고 그 내의를 바라보자 내의 자체에 광택이 흐르는 것이 아닌가?

게다가 막 입고 있던 것을 벗었음에도 사람의 체취 대신 맑은 향이 은은하게 뿜어져 나오는 것을 보니 평범한 물건이 절대 아니라는 판단이 들었다.

"이것은……."

남궁유한이 별것 아니라는 투로 말했다.

"천잠보의요."

그 소리에 당호유가 깜짝 놀랐다.

어지간한 도검은 가벼이 막고, 한서불침의 공능을 지닌 천잠보의가 이렇듯 쉽사리 주고받을 수 있는 물건이었던가?

무가지보 중의 무가지보가 바로 천잠보의였다.

당가구명단 또한 귀한 물건이라 할 것이나 천잠보의에 비할 바가 아니었다.

"허~! 이런 귀한 물건을 이리 받을 수는 없습니다."

"당가를 대하는 내 마음이라 생각하고 받아주시오. 과하게 사양하는 것은 예가 아니오."

"그러나……."

당호유가 거듭 거절했으나 남궁유한이 강권하자 그도 결국에는 굴복할 수밖에 없었다.

'입고 있었던 것을 직접 벗어주었다. 소가주가 당가에 크게 호감을 갖고 있는 것이 틀림없구나.'

처음에는 자기 앞에서 내의를 벗은 남궁유한이 무례하다

생각되었다.

그러나 예의상 준비한 것이 아니라 이렇듯 항상 몸에 걸치고 다니는 물건을 답례로 주니 오히려 더욱 크게 감격했다.

천잠보의도 중하나, 소가주가 몸에 입고 다니는 물건을 직접 주었다는 것이 더욱 중요했다.

'감격하시오. 어차피 천잠보의는 이제 내게 필요하지도 않은 것이니. 당가와 연수할 수만 있다면 그깟 천잠보의 백 벌이라도 아까울까.'

사실 유한은 천잠보의를 입고 다니지 않는다.

당가에서 예물을 보내올 것을 예상해 일부러 입고 나온 것이었다.

엄청난 금은보화도 좋으나, 상대를 귀히 여기고 있다는 인상을 주기 위해서는 자신이 직접 몸에 지니고 다니는 물건을 내주는 것만큼 더 좋은 방법이 있을까?

화통하다는 인상도 줄 것이고, 상대를 중하게 여긴다는 인상 또한 동시에 줄 수 있는 방법이었다.

남궁유한의 예상대로 상대인 당호유는 천잠보의도 천잠보의지만, 그 안에 담긴 뜻에 더욱 감격한 것처럼 보였다.

"소가주님의 그 뜻, 그대로 저희 가주님께 전하겠습니다."

"하하하! 고맙소. 나 또한 당가가 어머님을 낳아주고 길러주신 곳이라 생각하니 남처럼 느껴지지 않던 차였소."

"그러셨습니까? 저 또한 숙모님이 평생을 지낸 곳이라 해

올 때부터 무척 익숙하게 느꼈습니다."

화기애애한 분위기였다.

남궁유한이 자신의 뜻대로 분위기가 조성되자 본론을 꺼냈다.

"내가 사천당가에 한 가지 제의할 일이 있소."

"경청하겠습니다."

"제갈세가의 귀령대가 우리 세가에 잡혀 있는 것은 알고 있지요?"

"물론입니다."

사실 사천당가가 이리도 급히 사람을 보내온 이유 중 하나가 제갈세가의 귀령대와 관련된 일이었다.

당호유가 갑작스레 긴장하기 시작했다.

"귀령대의 기문병기를 모두 수거해 놓았소. 여의포승이나 뇌공금강고, 천선망, 공작비 등은 물론 귀령대의 폭렬시나 통병들의 장비 또한 한 치의 손상 없이 모아놓았다오."

꿀꺽!

당호유가 자신도 모르게 침을 삼켰다.

사천당가는 독의 종주일 뿐만 아니라 기문병기 제조에도 일가견이 있었다.

그런데 근래 들어 제갈세가에서 부족한 무력을 보충하고자 기발하고 강력한 병기들을 여럿 제조하는 데 성공했다.

당가 역시 그에 뒤지지 않기 위해 불철주야 노력했으나 제갈세가가 개발한 수준의 병기들을 만들어내는 데는 실패하고 있던 차이다.

그런 와중에 제조 방법은 물론 구조 또한 극비로 알려진 제갈세가의 기문병기를 남궁세가가 모조리 수거했다는 소식을 들은 것이다.

그러니 사천당가에서는 안달이 날 수밖에.

"사천당가에 괜찮은 장인들이 많다 들었소. 어떻소? 우리 남궁가와 함께 제갈세가의 기문병기들을 연구해 보시겠소?"

"그, 그래 주시겠습니까?"

"처음에는 우리 남궁가가 홀로 그것들을 연구해 보려 했으나 사실 황금만 가지고는 시일이 너무 오래 걸릴 듯하오. 또 솜씨 좋은 장인 구하기가 그리 어려울 줄은 몰랐소."

당호유가 마지막 말에 절로 고개를 끄덕였다.

사실 장인이 천대받기는 하나 진정 재주 좋은 장인을 구하는 것은 실로 어려운 일이었다.

"우리가 황금과 제갈세가의 기문병기를 제공하겠소. 당가에서는 장인들을 보내주시오. 두 세가가 함께 생산하게 된 기문병기에 대한 것들은 공유하는 것으로 하고 말이오."

나쁠 것 없는 조건이었다.

서로에게 이익이 되면 됐지, 해가 될 일은 전혀 없는 합작이었다.

'혼인이나 말로만 연수한다 하는 것보다는 실제로 일을 같이 추진하는 것만큼 확실한 것이 없다. 함께 병장기를 생산하다 보면 당연히 신뢰 관계가 형성될 터. 이런 식으로 당가와 손을 잡을 것이다.'

남궁유한은 속으로 그렇게 계산했다.

"이는 저 홀로 결정할 일이 아닌 듯합니다. 바로 세가에 연통을 보내 가주님과 상의하겠습니다. 그러나 아마도 가주님께서도 흔쾌히 찬성하실 것입니다."

"알았소. 좋은 소식 기대하겠소."

당호유와 당산산은 남궁유한과의 만남을 마치고 태상부인 당혜의 거처로 향했다.

그 와중에 당호유가 당산산에게 물었다.

"산산아, 네가 보기에 소가주가 어떻더냐?"

"은연중에 기를 갈무리하고 있는 것으로 보아 상당한 고수 같았습니다."

"그것은 나 역시 마찬가지였다. 그는 호방한 사내다. 또한 추진력 또한 있고. 나이는 어리나 남궁세가를 이끌어가기에 부족함이 없는 인물 같더구나."

당산산이 말없이 고개를 끄덕였다.

짧은 대면이었지만 남궁유한이 능히 그런 인물이란 판단이 들었다.

"그리고 외모 또한 헌앙하다."

“그 말씀은…….”

“남궁세가에 오기 전에 가주 형님께 여러 가지 당부를 들었다. 그중 하나가 소가주를 유심히 살펴 네 짝으로 어울리는지를 알아보라는 것이었다. 형님 입장에서는 그것이 가장 관심 가는 일일지도 모르지.”

그 소리에 당산산의 얼굴이 잘 익은 홍시처럼 붉어졌다.

“네 생각은 어떨지 모르나 나는 돌아가면 형님께 네 짝으로 전혀 모자람이 없다 전할 것이다. 그리 알아라.”

“숙부님…….”

당산산이 무언가를 말하려 했으나 당호유가 말을 끊었다.

“태상부인은 나에게는 숙모뻘이 되며 너에게는 조모 되시는 분이다. 태상부인을 대함에 있어 한 치라도 예를 벗어나는 일이 있어서는 안 될 것이다.”

“알겠사옵니다.”

그리고 당산산은 두근거리는 가슴으로 태상부인의 거처로 들어갔다.

그 안에는 일견 엄하게 보이기도 하나 다정다감해 보이는 노부인 한 사람이 앉아 있었다.

노부인 당혜는 당호유와 당산산을 발견하더니 크게 기뻐하며 자리에서 일어섰다.

“어서 오게.”

“숙모님, 숙질 호유가 인사드립니다.”

"조손 산산이 인사드려요."

"그래, 그래. 이리 앉거라."

가볍게 인사를 나눈 후 당혜가 물었다.

"당가를 떠나온 지 사십 년이 넘었구나. 그간 당가계(唐家溪)는 어찌 변했을지 정말 궁금하구나."

당가가 자리한 곳은 사천성 성도이며, 성도에서도 맑은 강이 흐르는 곳 근처에 자리하고 있었다.

당가는 여러 기이한 물건들을 만들고, 독과 해독약이 될 화초와 벌레들을 키워야 한다. 그리고 광물들을 제련하기도 한다.

그런 일들에 있어서 물은 필수였으니 당가는 처음부터 강 근처에 자리 잡을 수밖에 없었다.

당가 인근의 그 강에도 처음에는 다른 명칭이 있었으나 언제인가부터 '당가가 자리한 개울'이라는 의미의 당가계라고 부르는 것이 일상화됐다.

"당가계의 물은 여전히 맑고 시원하답니다. 가주 형님께서도 숙모님을 언젠가는 모신다 모신다 입버릇처럼 말하고 있답니다."

"그래? 고마운 얘기로구나. 그러나 당가의 가법이 엄한 것을……."

데릴사위를 들이지 않는 이상 당가의 여식은 일단 출가하면 그녀들이 친정을 찾는 것을 그리 반기지 않는다.

워낙 극비인 일이 많아 다른 집안의 귀신이 될 딸은 철저히 외인 취급을 하는 것이었다.

그런 이유로 당혜 역시 남궁세가에 시집온 이후 당가계를 한 번도 찾지 못했던 것이다.

"그렇긴 하나 천륜을 어길 수야 있겠습니까? 가법이 엄하나 핏줄이 한 핏줄인 것을요. 이번에 돌아가면 가주 형님께 청해 숙모님을 꼭 모시도록 해보겠습니다."

"무리할 필요는 없네. 나 스스로도 내가 태어난 곳은 당가계이나 내가 죽을 곳은 이곳 창천장원이라 생각하고 있으니……."

그런 당혜를 보며 당산산이 조심스럽게 입을 열었다.

"그래도 당가계가 조모님의 고향인 것을요. 어린 시절 추억이 전부 살아 있는 곳이지요. 미물도 고향을 찾는 것은 타고난 본능이라 했어요."

"휴우~! 그렇기도 하구나."

당가계에서의 어린 시절 추억이 새록새록 떠오르는지 당혜의 눈가에 이슬이 살며시 고였다.

그것을 본 당호유가 말했다.

"숙모님, 이제부터 저희 당가와 남궁가가 꾸준히 교류를 하게 될 것 같습니다. 숙모님이 미처 보지 못하신 당가 아이들에게 일러 인사를 드리라 하겠습니다. 그러니 이만 마음을 푸십시오."

그 소리에 당혜가 크게 반색을 했다.

"교류라 했는가? 유한이와 얘기가 잘 풀린 모양이로구나."

당호유가 흡족한 미소를 지으며 고개를 끄덕였다.

"소가주가 저희 당가를 좋게 본 것 같습니다. 그리고 좋은 제안도 해주셨습니다."

당호유가 남궁유한이 제안한 것들에 대해 자세히 설명했다.

그 설명을 다 듣고 난 당혜가 크게 기뻐했다.

"잘되었구나, 잘되었어."

당혜는 물론 자신의 친정인 당가가 남궁가와 좋은 관계를 만든다는 것이 기뻤다.

그러나 자신은 이미 남궁가의 사람이라고 철석같이 믿는 그녀다.

당가와 손을 잡음으로써 남궁가에 든든한 울타리 하나가 생긴다는 것이 무엇보다 기쁜 것.

"그런데 소가주 말입니다, 소가주의 과거를 두고 강호에 의견이 분분합니다. 별 해괴한 소문도 다 돌고 있을 정도로 말입니다."

당혜는 그 말의 의미를 단박에 알아챘다.

너무나 느닷없이 나타난 남궁세가의 소가주를 두고 말이 없으면 도리어 그것이 이상할 터였다.

게다가 단목세가와 제갈세가에서 공공연하게 그 얘기를

떠들고 다니니 더욱 그러했다.

"그것을 물을 줄 알았다. 그러나 나 당혜가 유한이를 보증한다. 남궁세가의 어른인 내가 그의 과거를 알고 입증해 주겠다는데 어찌 다른 이들이 뒷말을 한단 말인가? 당치도 않은 얘기네. 유한이는 남궁가의 자손일세."

남궁유한의 과거를 모르지만 당혜는 남궁유한이 영원히 남궁가의 자손으로 살아주기를 바랐다.

'유한이에 대한 얘기는 내 무덤까지 들고 갈 것이다. 나만 죽으면 유한이가 남궁가 자손이 아니라는 사실은 세상천지에 아무도 모르게 된다. 아연이가 그 사실을 밝힐 리도 없으니.'

"그렇습니까? 제가 괜한 말로 숙모님의 심기를 어지럽힌 듯합니다."

태상부인 당혜가 저리도 확실히 말하는데 남궁유한에 대한 소문은 다 부질없는 얘기라는 생각이 든 당호유다.

"오대세가 사이에 요즘 갈등이 있으나 나는 새해 원단에 오룡제를 열어 유한이를 정식 가주로 추대할 생각이네."

오대세가의 평화시대가 끝을 맞이하고 있었으나, 완전히 끝난 것은 아닌 상태.

오룡제를 통해 정식 가주에 오르면 천하의 그 누구도 남궁유한에 대해 왈가왈부할 거리가 없어질 거라 믿었다.

"당가도 도움을 주겠지?"

"확답은 할 수 없으나, 소가주가 저희에게 이리도 호의를 베푸시는데 저희가 반대할 까닭이 없지요."

당호유는 가주에게 사전에 이에 대한 당부도 들은 바 있었다.

"그리고 저희도 부탁할 것이 한 가지 있습니다."

"말해보시게."

"어느 때부터인가 당가와 남궁가 사이의 관계가 상당히 멀어졌습니다. 고래로 두 세가는 무척 화목하게 지냈음에도 불구하고 말이죠."

그것에는 이유가 있었다.

천 년의 가업을 불과 십 년 만에 홀랑 날려먹은 전대 남궁천 가주가 '독을 쓰는 사천당가와는 상종하고 싶지 않다' 는 폭언을 날린 탓이었다.

검을 소중히 여기는 것도 좋고, 흉중에 그런 생각을 담고 있는 것도 나쁠 것은 없다.

그러나 다른 곳도 아닌 오룡제에서, 그것도 당가주의 면전에서 그런 폭언을 날린 것이 문제였다.

고래로 사이가 좋았던 당가와 남궁가의 사이가 틀어져 버린 것은 당연지사.

그런 과거사가 있었으니 남궁세가가 몰락한 이후 당가에서 전혀 도움을 주지 않았던 것이다.

당혜도 고개를 끄덕였다.

남궁천이 자신이 배 아파 낳은 소중한 아들이기는 하나 그

아들이 여러 가지 실수를 했음은 부인할 수 없었다.

"그래서 다시 예전 같은 관계로 돌아가고자 가주 형님께서 숙모님의 의중을 물어보라 하셨습니다. 저희 당가와 남궁가가 혼인 관계로 묶이고자 합니다."

조심스러웠다.

이런 문제는 언제나 까다로울 수밖에 없었다.

그런데 당혜는 크게 개의치 않는 분위기였다.

"이미 그것도 염두에 두고 있었네. 유한이와도 어느 정도는 얘기를 나눈 바 있고."

그러자 당호유가 어느새 흘러내린 식은땀을 닦으며 웃었다.

"그랬습니까? 이런 문제는 워낙 조심스러워서 말입니다."

"산산이도 그를 위해 데려온 것이 아니었던가?"

"숙모님, 산산이가 마음에 드십니까?"

은근히 기대하는 어조였다.

"이 문제에 있어서 나는 당혜가 아니라 오직 남궁세가의 태상부인일세. 산산이가 유한이에게 어울린다면 내 별말 안 할 것이나, 지켜보다 마음에 들지 않으면 유한이에게 권할 생각은 없네."

당혜는 엄한 어조로 말했다.

그녀는 당가 사람이 아닌 남궁가의 사람으로 돌아와 있었다.

"물론입니다. 하나 산산이가 그리 모자란 부분은 없을 것이라 장담합니다. 가주 형님은 물론 형수님까지 나서 최고의 교육을 받게 했고, 심성 또한 더할 나위 없이 곱습니다. 그리고 총명하기 그지없습니다. 소가주를 내조하기에 부족함이 없을 것입니다."

"두고 보면 알겠지."

"어차피 당가 사람들이 남궁가에 머물러야 할 것이니, 산산이도 잠시 이곳에 머물게 하겠습니다. 이참에 이제껏 사천성에서만 살아온 산산이에게 천하 구경도 시켜줄까 합니다. 그리해도 되겠습니까?"

당혜가 웃었다.

아무리 강호의 여인들이 예법에 구애받지 않는다 해도 혼인이 결정된 것도 아닌데 당산산이 남궁세가에 머무는 것은 꺼려지는 바가 있었다.

만약 일이 틀어져 혼사가 성사되지 않는다면 처녀 당산산에게 대단한 수치를 안겨줄지도 모를 일이었다.

그런데 어차피 당가 사람들이 한동안 남궁가에 머물며 제갈세가의 기문병기를 연구할 예정이었다.

그 무리에 당산산도 합류시키면 주변 시선도 크게 고려할 것 없고, 나쁜 소문이 날 일도 없을 터였다.

"내 세가 식솔들에게 일러 불편함이 없도록 해주겠네."

"감사합니다."

'잘되었다, 잘되었어. 나 역시 소가주를 유심히 살펴보며 그의 성품이 어떤지를 곰곰이 따져 볼 것이다. 아무리 정략혼이라 하나 당가의 장중보옥인 산산이를 부족한 사내에게 보낼 수는 없는 노릇이 아닌가? 형님도 흡족해하실 것이다.'

일이 술술 풀리자 당호유는 크게 기뻐했다.

第四章 비상

無敵世家

"그럼 지금부터 창룡십팔검(蒼龍十八劍)을 시작한다."

창룡십팔검은 남궁세가의 기본 검법이다.

하나 기본이라 하여 아무에게나 가르치는 검법은 결코 아니다.

그러나 진 노인, 수호검 진교 노인은 세가 청년들로 구성된 창룡대뿐만 아니라 흑사회 출신으로 세가에 입문한 흑룡대 무사들에게도 창룡십팔검을 가르치고 있었다.

진 노인은 흑룡대 무리가 혹 남궁세가의 검을 배워 세상에서 패악을 저지르는 것은 아닌가 걱정을 하기도 했다.

그러나 소가주가 별문제없을 것이니 가르치라는 소리에

불안하면서도 일단은 수긍하고 있는 차였다.

"발검!"

스르룽! 스르룽! 스르룽!

남궁세가 대연무장에 모여 있던 무사들이 일제히 검을 뽑았다.

검을 들고 있는 이들은 자세를 굳건히 했다.

그리고 그들의 눈이 열의로 빛나기 시작했다.

"창룡십팔검 제일검 창룡출세(蒼龍出世)!"

쉭! 쉬익! 쉭! 쉭!

진 노인의 구령에 따라 수백 자루의 검이 일제히 하늘로 치솟았다.

수백 자루 검이 일제히 검광을 뿌렸고, 검광이 햇빛에 반사돼 찬란한 일곱 빛깔 무지개를 흩뿌렸다.

대연무장은 창룡십팔검 제일검 창룡출세가 펼쳐지자마자 후끈 달아올랐다.

수백 무사들이 내뿜은 열기가 초가을 태양보다 더 뜨겁게 불타오르고 있었다.

"제이검 창룡번천(蒼龍翻天)!"

쉬익! 쉬이익! 쉬이익! 쉬이익!

수백 자루의 검이 일제히 허공을 갈랐다.

검에 담긴 기세는 매서운 정도가 아니라 마치 세상 전부를 갈라 버릴 것만 같은 웅혼한 것이었다.

"제삼검 창룡만천(蒼龍滿天)!"

푸른 검광이 하늘을 찔렀다.

검에 찔린 하늘이 부르르 떨리는 것 같은 착각을 불러일으켰다.

"제사검 창룡망월(蒼龍望月)!"

"제오검 창룡침강(蒼龍沈江)!"

"제육검 창룡출수(蒼龍出水)!"

호령에 따라 열정적으로 창룡십팔검을 배우는 창룡대와 흑룡대를 보며 진 노인은 흡족한 미소를 지었다.

'괜찮구나. 각자 자질의 차이는 있으나 그 열의만은 별반 다를 것이 없다. 이대로 계속 정진한다면 이들이 향후 남궁세가의 든든한 기둥이 되리라.'

그러며 그는 가장 앞줄에서 창룡십팔검을 따라 하고 있는 아평과 아소 형제, 초설과 매타자 등을 바라봤다.

그들은 이미 자신에게 사신의 공을 배워 꽤 괜찮은 수준까지 올라와 있었다.

그러나 그들이 검의 명문 남궁세가인이 되기 위해서는 검 또한 필수였다.

그 사실에는 저들 또한 동의했다.

나름의 이유는 있겠으나 저 네 사람이 유독 검법 수련에 열심이었다.

'하루아침에 될 일은 아니나, 포기하지 않고 꾸준히 나아

간다면 저들은 대성하리라. 저들이 대성하는 날, 우리 남궁세가가 무림에 우뚝 서게 되리라.'

진 노인은 그 상상만으로도 즐거워져 연신 미소를 지었다.

그런데 그런 자신과는 달리 곁에서 수련 과정을 지켜보고 있는 소가주의 얼굴에는 불만이 가득해 보였다.

"흠……."

낮은 신음성까지 토하며 소가주는 굳이 불편함을 감추려 하지 않았다.

"소가주님, 왜 그러시는 것입니까?"

"마음에 들지 않아. 마음에 들지 않아."

남궁유한은 연신 혼잣말로 중얼거렸다.

어느새 그의 이마에는 주름까지 내 천(川) 자를 선명하게 그리고 있었다.

그러더니 곧 더 이상은 참지 못하겠다는 듯 수련을 중지시켰다.

남궁유한이 수백 수련생들을 바라보며 오른손을 들었다.

"다시 시작한다!"

소가주의 명이 떨어지자 수련생들이 일제히 검을 검집에 꽂았다.

"발검!"

남궁유한이 명했다.

그러자 다시 한 번 수백 자루의 검이 일제히 하늘을 향했다.

남궁유한은 그 자세 그대로 수련생들을 멈추게 한 후, 검을 들고 수련생들 사이로 들어갔다.

챙! 챙!

"창룡출세는 상대의 상단을 노리는 것, 정확히는 상대의 미간을 겨눠야 하는 것이다. 네 검이 지금 상대의 미간을 향하고 있느냐?"

지적을 받은 수련생이 말을 더듬었다.

"그, 그건……."

"무작정 검만 열심히 휘두른다고 검법이 는다면 그것은 잡념이 없는 짐승도 한다. 아니, 잡념이 없기에 짐승이 더 빨리 늘지도 모르지. 생각을 해라. 눈앞에 상대를 그려라. 그리고 자신의 검이 어찌하면 상대를 향해 최단거리를 돌파해 들어갈 수 있을지를 떠올려라."

챙!

남궁유한은 다음 수련생의 다리를 지적했다.

"창룡출세는 막 비상하는 청룡의 기세를 담은 것. 그리 부실한 자세와 다리 힘으로 도약해 하늘을 날 수 있다 생각하나? 출세(出世)다. 도약하는 순간 하늘이라도 날겠다는 각오로 일시에 힘을 폭발시켜야 한다."

"알겠습니다!"

남궁유한은 수련생들 사이를 돌아다니며 그들의 자세를 하나하나 지적해 나갔다.

사람들 사이를 한 바퀴 돌고 난 남궁유한은 검집에 검을 넣었다.

그리고,

쿵!

남궁유한이 창룡출세의 초식을 펼쳤다.

그런데 그 기세도 어마어마한 것은 물론 검집에서 검을 뽑는 속도가 상상을 초월했다.

창룡십팔검이 아니라 마치 검을 뽑음과 동시에 상대를 베며 극쾌를 추구하는 발검술같이 보일 정도였다.

"검을 왜 뽑는가? 검이 도를 추구하니 하는 소리는 다 헛소리다. 검은 어디까지나 상대를 베기 위한 것, 베려고 검을 뽑는다면 뽑는 그 순간부터 최대의 힘을 격발시키는 것이 마땅하다. 창룡십팔검 제일검 창룡출세는 그저 창룡십팔검의 첫 초식이 아니라 이제부터는 발검술이 될 것이다."

변화, 새로운 변화였다.

마도시대에는 누가 먼저 검을 뽑느냐에 따라 생사마저 갈릴 정도였다.

그랬으니 모든 검법의 첫 초식이 발검술의 길을 갈 수밖에 없었다.

"이제부터는 이것이 창룡십팔검 창룡출세다!"

터벅터벅!

남궁유한이 공간을 확보하더니 제이검 창룡번천을 시전

했다.

쉬익!

검법은 분명 검법이었으되, 마치 도를 휘두르는 것만 같았다.

"검이든 도든 그 본질은 하나다. 상대를 제압하는 것! 검의 찌르기를 익히는 것은 기본이다. 그러나 검을 도처럼 쓸 수 있어야 한다. 기이신랄한 초식이 따로 있는 것이 아니다. 상대는 검의 찌르기를 예상했는데 검의 베기가 들어온다면 그것이 천하의 기이신랄한 초식인 것이다."

검을 도처럼 쓴다는 것, 그것은 상궤를 벗어난 것이었다.

또한 정통 검객들은 이단이라고 배척할 만한 얘기였다.

그러나 강해질 수만 있다면 상도를 벗어나든 이단이든 뭐 대수로운가라는 것이 남궁유한의 생각이었다.

남궁유한이 잠시 호흡을 가누더니 창룡십팔검을 연달아 시전했다.

쉭! 쉬익! 쉬이익! 쉬이이익!

은빛 검광이 대연무장 전체에 난무했다.

그야말로 눈이 부실 정도였다.

그런데 기이한 일이 있었다.

극한의 빠르기로 창룡십팔검을 펼치는 것도 아닌데 수련생들은 남궁유한이 휘두르는 검을 제대로 볼 수조차 없었다.

'영문을 모르겠다.'

수련생들이 그렇게 생각할 때 남궁유한이 검법을 끝냈다.

"보았느냐?"

"……."

"내 검이 빨랐느냐?"

수련생들이 고개를 가로저었다.

"빠르지 않았는데 보이지 않았다?"

"그, 그렇습니다."

"여기에는 이유가 있다. 검법은 각각의 초식들로 존재하는 것이 아니라 하나의 큰 그림을 그리고 있다. 창룡십팔검 역시 열여덟 개의 초식으로 이뤄져 있으나 결국 창룡의 기세, 그 한 가지를 그리고자 하는 것이다. 너희들은 붓질 한 번으로 고작 창룡의 한 조각만을 그릴 뿐이지만, 나는 붓질 한 번으로 창룡의 모습 전체를 그렸다."

수련생 중 창룡대의 전성이 물었다.

"전체를 보고 그 전체를 그릴 수만 있다면 창룡십팔검도 그리 강력해지는 것입니까?"

전성은 크게 감탄하고 있었다.

"그렇다. 초식 각각을 별개로 여기지 말고 그것을 한 번에 이어볼 생각을 해봐라. 그렇게만 되면 아무리 느린 검이라도 능히 쾌검을 제압할 것이며, 한 푼의 힘으로도 만근의 힘과 대적할 수 있을 것이다."

사량발천근, 이화접목, 격산타우의 묘리가 바로 그것이

었다.

"전체를 그런다라……."

수련생들이 고민하기 시작했다.

그러던 중 매타자가 말했다.

"말로만 해봐야 뭐 한다요. 그저 몸으로 직접 해보고 느껴보는 것이 중요하지라."

"옳다! 일단 부딪쳐 보는 거다."

수련생들이 다시 검을 꽉 움켜쥐며 소리쳤다.

"발검!"

"창룡출세!"

"창룡번천!"

"창룡만천!"

스스로 검을 휘두르기 시작한 수련생들을 보며 남궁유한이 소리쳤다.

"틀렸다, 틀렸어! 발을 한 치쯤 왼쪽으로, 검끝을 반 치쯤 위로 올려라! 몇 번을 말해야 알아듣겠느냐? 검을 뽑을 때 폭발적인 기세를 담아 발검술처럼 펼치라 하지 않았더냐?"

남궁유한은 가차없었다.

조금이라도 자세가 틀리거나 검법의 뜻에 어긋나는 이가 있으면 곧바로 소리쳤다.

창룡십팔검이라 해 어느 정도 만만한 생각을 하고 있던 수련생들은 입에서 단내를 풀풀 풍길 때까지 혹독한 수련을 해야 했다.

그런데 수련을 거듭하자 여러 가지가 변형된 창룡십팔검이 처음에는 힘들었으나 서서히 수련생들의 몸에 익기 시작했다.

남궁세가 수련생들은 밤늦게까지 창룡십팔검을 수십, 수백 번 반복해서 펼쳐야 했다.

그렇다고 단순한 반복 동작은 허락되지 않았다.

한 번을 휘두르더라도 생각하며 휘두르라는 가르침에서 벗어나면 남궁유한이 귀신같이 잡아냈기에.

"헉헉헉!"

대연무장에 거친 숨을 몰아쉬는 소리가 가득했다.

"제, 젠장."

"주, 죽을 것만 같다."

"검 한 번 휘두르는 것이 이리도 힘들었던 것인가?"

"소가주가 우리를 죽이려 함이다. 헉헉헉!"

저승사자처럼 대연무장을 지키고 서 있던 남궁유한이 자리를 비우자마자 수련생들이 바닥에 털썩 주저앉았다.

"헉헉! 이렇게 한 십 년 열심히 하면 어디서 칼 맞고 죽지 않을 실력은 될 것이라고?"

사실 어이가 없는 일이었다.

십 년을 하루같이 수련해 천하의 고수가 되지는 못할망정,

겨우 칼 맞고 죽지 않을 수준이라니…….

이보다 더 사기를 꺾는 일도 없었다.

"젠장! 처음에는 남궁세가에서 검법을 가르쳐 준다 해서 횡재했다 생각했는데 그것도 아닌가 보구나. 이쯤에서 포기하고 옛날로 돌아갈까?"

흑사회 소속이었던 고방충이 투덜댔다.

"혹 남궁세가라는 이름만 걸게 해주고 우리보고 어디서 칼받이나 하라는 것 아니야?"

그 얘기에 대다수가 흑사회 출신인 수련생들 사이에 불길한 기운이 감돌았다.

"그럴지도……. 사실 무림세가란 것들이 필요없는 이들은 헌신짝처럼 버린다 했으니……."

몇몇이 동조하고 나섰다.

그런데 그때였다.

"그런 불평들이나 할 거면 들어가서 쉬세요. 열심히 하는 사람 사기나 꺾지 말고."

어른들도 힘들어 바닥에 주저앉은 상황에서도 이를 악물고 검을 휘두르고 있는 소년 아평이었다.

"이놈아, 너는 소가주를 믿느냐?"

아평은 물론 아소까지 한 치의 의심도 없었다.

"당연하지요. 나는 언제까지나 이렇게 살 생각이 없어요. 나는 검으로 세상에 이름을 날릴 거예요. 그러니 지금 포기하고 나중에 후회나 하지 마세요. 십 년 후쯤 이 아평의 이름이 천하를 진동시킬 것이니.”

“뭐, 뭐야, 이놈아?”

“오늘 한 번 휘두른 검이 내일은 구명의 절초가 될지도 모를 일이죠. 오늘은 내가 아저씨들보다 약할지 몰라도 내일은 모르는 법이죠. 언젠가 제 앞에서 아저씨들이 감히 고개도 들지 못할지 모를 일이죠.”

아평은 묵묵히 검을 휘둘렀다.

그러며 흑사회 출신인 흑룡대처럼 바닥에 널브러져 있던 창룡대 무사들을 곁눈질했다.

“아저씨들도 남궁세가를 살리겠다는 것이 말뿐이었나요? 고작 그 정도 하고 힘들어하다니.”

그 소리에 전성을 포함한 창룡대 무사들이 뜨끔했다.

아이의 말이었으나 틀린 것이 하나도 없는 지적이었다.

“누, 누가 말뿐이라 하느냐. 자, 잠시 숨을 고른 것뿐이다. 창룡대, 다들 일어난다! 오늘 밤이 새도록, 손이 부르터 터질 때까지 검을 휘두른다!”

전성을 선두로 창룡대 청년 무사들이 다시 검을 휘두르기 시작했다.

쉬익! 쉬이익! 쉬이이익!

낮보다 더한 힘과 기세가 실린 검이었다.

남궁유한이 곁에 있을 때보다 더한 열의가 담겨 있으면 있었지 전혀 모자라지 않았다.

열의와 노력이 곁들여지면 천하의 둔재라 해도 검이 늘 수밖에 없는 법이다.

"젠장! 너희들, 뭐 하는 거냐? 남궁세가 샌님들도 지치지 않았는데 흑사회 출신의 호한들인 우리가 벌써 뻗어버린 것이냐? 다들 일어나라! 이 고방충, 남궁세가 샌님들에게 질 생각 따위는 없다."

고방충이 가장 먼저 자리에서 일어나 혼신의 힘을 다해 검을 휘두르기 시작했다.

"맞다. 온실 속에서 얌전하게 검만 휘두른 샌님들에게 뒤질 수 없다. 우리가 누구냐? 오기와 깡다구 하나로 합비 뒷골목에서 살아남은 영웅호걸들이 아니냐?"

"하자, 해! 십 년 후에 어린 놈 앞에서 고개 숙이고 싶지 않으면 검을 휘둘러라. 샌님들한테 오기와 체력에서 뒤졌다는 개소리는 듣지 말자."

"휘둘러! 휘둘러! 젠장할! 쓰러질 때까지 하자!"

"젠장!"

"젠장!"

흑사회 출신 흑룡대가 일제히 입에서 젠장 소리를 내뱉으며 검을 휘두르기 시작했다.

남궁세가 수련생들의 검 수백 자루가 이렇게 매일같이 밤을 가르기 시작했다.

펵! 퍼퍽! 퍼퍼퍽! 퍼퍼퍼퍽!

남궁유한이 밤늦게까지 창룡십팔검을 수련하다 온 아평과 아소, 매타자와 초설을 무지막지하게 구타하고 있었다.

다른 것으로 싸우는 것도 아니며, 내력을 써 겨루는 것도 아니다.

오직 사신의 공, 백호철혈권, 청룡무영퇴, 주작투혼수, 현무무적장으로만 겨루고 있었다.

그러나 아평과 아소, 초설과 매타자가 동시에 합공을 했음에도 남궁유한의 옷자락 하나 밟지 못했다.

“고작 그 정도밖에 하지 못하겠느냐?”

바닥에 쓰러져 있는 아평을 보며 소리쳤다.

“불구란 단지 불편함 뿐이라 했지? 네가 다리를 전다 하여 사정을 보아줄 줄 알았다면 착각이다!”

다리를 저는 아소를 향해서도 남궁유한은 아평과 똑같이 대했다.

“힘들 때만 자신이 아프다 사정을 보아달라 할 생각은 꿈도 꾸지 말아라.”

“그러기를 원하지 않습니다!”

아소가 악에 받쳐 자리에서 일어섰다.

“몸을 파는 것이 괴롭다 했지? 그리고 무공을 배우고 싶다 했지? 그 다짐이 고작 그 정도였느냐? 그렇게 나약한 모습 보일 바에는 당장 기루로 돌아가라!"

남궁유한이 힘들어하는 초설을 모질게 몰아쳤다.

여인의 몸으로 남자보다 근력이 달리는 초설이었기에 더욱 힘들었다.

너무나 힘들어 당장에라도 울음을 터뜨릴 것만 같았다.

그러나 초설은 피가 나올 정도로 아랫입술을 깨물고는 간신히 몸을 일으켰다.

"손에 사정 두지 않을 것입니다! 소가주고 뭐고, 내 앞에는 한 마리 악귀가 있다 여길 것입니다!"

초설이 그녀답지 않게 고래고래 소리쳤다.

"흥! 원하는 바다!"

초설이 가장 먼저 남궁유한에게 청룡무영퇴의 초식을 써서 연달아 퇴법을 구사했다.

그러나 남궁유한은 제법 기세가 담긴 그 공격들을 모조리 막아내며 바로 반격했다.

퍽!

남궁유한의 주먹이 초설의 눈두덩을 그대로 가격했다.

초설은 실 끊어진 연처럼 저 멀리로 날아갔다.

"소가주님, 저희도 갑니다!"

아평과 아소 형제가 어느새 연수합격의 자세로, 아평은 근거리에서 주작투혼수의 초식을, 아소는 원거리에서 현무무적장의 재주를 펼쳤다.

쉬익! 휙!

절묘한 연수합격이었다.

누가 가르치지도 않았는데 형제들이 스스로 깨달아 연수합격의 공세를 취한 것이었다.

"훗! 제법이구나."

남궁유한 또한 거의 본능적이다 할 만한 두 소년의 연수합격을 보며 절로 미소를 지었다.

그러나 아직은 부족했다.

퍽! 퍽!

아평과 아소가 입에서 핏물을 뿌리며 저 멀리로 날아갔다.

"오라!"

그러며 남궁유한이 매타자를 가리켰다.

"알겠지라."

매타자가 성난 황소처럼 콧김을 씩씩 내뿜으며 돌진했다.

다른 이들이 사신의 공의 초식을 익혔다면 매타자는 사신의 공에 담긴 내력의 운용을 배우고 있었다.

타고나길 유달리 단단한 몸뚱이를 가진 매타자.

그에게는 별다른 기술이 필요없었다.

단단한 몸뚱이를 믿고 그저 상대와 부딪칠 뿐.

그것으로 충분했다.

성난 황소 매타자가 남궁유한을 향해 돌격해 오자 남궁유한마저 일순 위압감을 느낄 정도였다.

남궁유한이 주작투혼수의 초식으로 매타자의 힘을 받아내려 했다.

그런데 천생의 신력이란 그리 간단한 것이 아니었다.

후천지기를 차곡차곡 쌓은 내력이라면 격산타우의 재주로 힘을 분산시키고 도리어 역이용할 수도 있었다.

그러나 선천지기라 할 수 있는 천생의 신력은 사람의 재주로 어찌할 수 있는 것이 아니었다.

천생 신력을 가진 장수들은 무림의 고수들에 못지않다는 애기를 직접 느낄 수 있는 자리였다.

결국 방법은 하나.

힘에는 힘으로 맞서야 할 것인데, 내력을 운용하지 않는 남궁유한의 순수한 힘이 매타자의 신력에 비할 수는 없었다.

휘익!

남궁유한은 결국 매타자와 정면에서 부딪치지 못하고 신법을 써서 자리를 움직였다.

쿵!

그러자 남궁유한의 몸을 맞히는 데 실패한 매타자의 솥뚜껑 같은 손이 그대로 벽을 두들겼다.

쿠르릉! 쿠르릉!

그 한 방에 실내 연무장 안에 굉음이 울렸다.

쩌어억! 쩌어억!

그러더니 곧 벽에 금이 가더니 연무장이 무너져 내리려

했다.

“헉! 벽이, 벽이 무너지는디라.”

매타자가 얼빠진 표정으로 느릿하게 말했다.

그리고,

와장창! 와장창!

천장이 무너지며 매타자의 몸뚱이 위로 석재와 목재들이 우당탕 쏟아졌다.

“뭔 일이래.”

매타자는 여전히 느릿한 말투로 무슨 일인지를 몰라 했다.

벽이 무너지려 할 때 남궁유한이 급히 구해낸 아평, 아소 형제와 초설은 그 광경을 어이없는 표정으로 바라봤다.

“매타자 형, 괜찮아요?”

몸이 불편한 아소가 가장 먼저 물었다.

“무슨 일 있었남?”

매타자가 달빛을 받아 자가발광을 시작한 대머리를 만지며 말했다.

“매타자, 다친 곳은 없어?”

남궁유한에게 정통으로 맞아 눈두덩이 시퍼렇게 멍들어 있는 초설 또한 걱정스러운 어조로 물었다.

“나는 괜찮은디……”

조그마한 전각 하나가 무너져 내렸음에도 전혀 이상이 없는 매타자를 보며 남궁유한이 속으로 혀를 찼다.

‘매타자의 몸이야말로 진정으로 하늘이 내린 것이다. 하늘이 매타자에게 천생 신력을 내렸고, 그에 못지않은 금강석 같은 몸을 내렸다. 어쩌면 저런 이를 만나게 된 것은 천우신조라 할 만하구나.’

감탄, 또 감탄했다.

남궁유한이 보기에 저런 신력과 몸뚱이를 가진 이는 마도시대에도 없었다.

마도시대의 무인들이 상상을 초월할 정도로 강했으나, 그것은 후천적인 노력과 개발 탓이었다.

선천적으로 저리 빼어난 몸을 가진 이는 남궁유한도 본 적이 없었다.

‘금강불괴신공의 주인은 역시나 하늘이 내리는 것인가?

남궁유한은 그러며 매타자를 바라봤다.

“야압!”

쿵!

힘차게 발을 구름과 동시에 세가 수련생들의 검이 일제히 하늘을 향했다.

그리고 그 검은 간결한 호선을 그리며 초가을의 푸른 하늘을 갈랐다.

수련생들의 얼굴은 하나같이 진지함으로 넘쳐 났다.

그리고 또 한 가지.

그들의 얼굴에는 상대에게 질 수 없다는 호승심이 어려 있었다.

그들을 바라보며 진 노인은 웃고 있었다.

"내가 굳이 말하지 않아도 저들이 알아서 수련을 한다. 자연스레 목표를 설정한 셈이지."

더할 나위 없는 기쁨.

저들이 이대로 계속 정진한다면 세가의 미래는 너무나 밝다.

"전성, 검에 힘이 없구나. 그래서야 닭 모가지라도 비틀 수 있겠어? 흐흐흐!"

흑사회 출신의 고방충이 전성을 놀렸다.

"무슨 소리? 너야말로 이미 다리가 풀려 휘청거리고 있으면서."

쉬익!

"헛소리 작작 해라! 이대로 사흘 밤낮을 수련해도 끄떡없다!"

쉬이익!

"그것은 내가 할 말이다!"

두 사람은 말을 하면서도 계속 검을 휘두르고 있었다.

남궁세가 출신의 창룡대와 흑사회 출신의 흑룡대는 대놓고 경쟁 심리를 발하고 있었다.

그것은 누가 한 번이라도 더 검을 휘두르고, 누가 더 오래,

누가 더 집중해 검을 수련하는가 하는 경쟁이었다.

무인으로서 전혀 나쁠 것 없는, 아니, 오히려 권장해야 할 좋은 경쟁이었다.

그런데 묘하게도 매일같이 얼굴을 맞대고 땀을 흘리며 서로 부대끼다 보니 처음 느꼈던 서먹서먹함도 어느새 사라져 있었다.

전성을 비롯한 스물의 창룡대 청년 무사들은 흑사회 출신인 흑룡대를 내심 무시하는 경향이 있었다.

이는 흑룡대 출신들도 마찬가지였다.

'이 자식, 흑사회 출신이라고 무시했더니……'

'이거 세가 이름 외에는 볼 것 없는 샌님인 줄 알았더니……'

그런데 자고로 모든 수컷들이란 한바탕 땀 흘리고 서로 뒤엉키다 보면 친해진다 했던가?

그들은 입으로는 맘에 안 드네 어쩌네 해도 속으로는 은근히 친밀감을 느끼고 있었다.

치열하게 경쟁하고 있는 이런 창룡대와 흑룡대를 향해 남궁유한이 걸어왔다.

"주목!"

남궁유한의 목소리가 들리자 수련을 하고 있던 이들이 일제히 동작을 멈췄다.

그런데 남궁유한의 뒤로 세가 일꾼들이 여러 대의 수레를 이끌고 들어왔다.

"저것은 수호갑이다. 오늘부터는 하루의 검법 수련이 끝나면 비무와 집단전을 할 생각이다."

그러며 수호갑을 가리켰다.

"강사를 촘촘히 엮어 가슴과 등을 동시에 가릴 수 있는 호신갑이다! 특별히 수십 겹의 면포와 솜을 빼곡하게 넣어 충격을 완화시킬 수 있게 만들었다! 그러나 전력이 담긴 목검에 두들겨 맞는다면 그 충격만은 대단할 것! 맞기 싫으면 상대를 때려라!"

일꾼들이 수레에서 수백 벌의 수호갑을 내려 수련생들 앞에 차례로 정렬해 놓았다.

"하루에 스물이 일 대 일 비무를 할 것이다."

창룡대 인원이 스물. 그 수를 고려한 것이었다.

사실 창룡대와 흑룡대의 경쟁을 은근히 부추기고 있는 남궁유한이었기에 스물의 수는 당연했다.

"이기는 쪽에는 은자 오십 냥, 분주 백 근, 돼지 한 마리, 오리 이십 마리를 내릴 것이다. 대신 지는 쪽은 매일 자시까지 추가로 연무를 해야 할 것이다. 그리고 한 달 동안의 수련 결과를 종합해 이긴 쪽에 금자 일백 냥을 내릴 것이다. 또한 합비 최고라는 춘월루에서 거하게 놀게 해주마."

그 선언이 있자 커다란 함성이 터져 나왔다.

"와아아아아!"

사실 흑룡대 수백이 은자 오십 냥을 나누면 한 냥도 채 돌아가지 않는 돈이다.

그러나 분주 백 근과 돼지 한 마리, 오리 이십 마리라면…….

물론 그 정도 양이면 합비 뒷골목을 주름잡았던 흑룡대 무인들에게는 간에 기별이나 겨우 갈 정도였다.

그래도 그게 어딘가?

수련이 시작된 이후 술이라곤 입에도 대지 못했던 그들이다. 몇몇이 수련이 끝나고 몰래 술을 마셨다가 크게 경을 치고 혹독한 처벌을 받았었다.

그런데 소가주가 직접 술을 허락하겠다니…….

"그날 비무를 이기고 술을 마시는 것은 너희들의 자유다. 그러나 그 다음날도 비무가 있음을 기억하고 마셔라. 게다가 한 달 동안 승부에서 승리하면 춘월루가 기다리고 있다는 것을 명심하고. 그날 하루는 소가주인 내가 춘월루를 통째로 빌릴 것이다. 하룻밤에 기녀 열을 품든, 춘월루에서 난장판을 벌이든, 춘월루를 박살을 내든 내가 다 뒤처리를 해줄 것이다."

"와아아아아~!"

흑룡대 수련생들이 크게 흥분했다.

곧이어 남궁유한을 따라온 총사 조량이 앞으로 나섰다.

"창룡대는 들으라!"

창룡대 스물의 시선이 일제히 조량에게 쏠렸다.

"나를 실망시키지 마라!"

남궁세가 출신으로 결코 흑룡대에 밀리지 말라는 의미.

창룡대가 굳은 결의를 표했다.

"알겠습니다!"

뒤이어 흑사회주가 아닌 남궁세가 부총사 직을 맡고 있는 주오가 나왔다.

남궁유한에게 당한 부상이 엄중해 아직 병색이 다 가시지 않은 얼굴이었다.

그러나 특유의 기세만은 여전했다.

"흑룡대는 들으라! 내가 조 총사와 내기를 했다! 그리고 소가주님 앞에서 장담을 했다! 흑룡대야말로 진정한 사내들이며, 질 리가 없다고 말이다!"

"물론입니다, 회주님!"

그런데 그 소리를 듣자마자 주오가 노호성을 터뜨렸다.

"어느 놈이 나를 회주라 부르느냐? 남궁세가 부총사 주오는 있을망정, 흑사회주 주오는 죽은 지 오래다! 앞으로 나를 회주라 부르는 자가 있다면 당장에 요절을 낼 것이다!"

주오의 무서운 기세를 느낀 흑룡대 전원이 허리를 숙이며 말했다.

"저희가 잘못했습니다."

주오가 급히 사죄를 하는 흑룡대를 보며 목소리를 조금 가라앉혔다.

"이렇듯 경쟁을 하기는 하나 창룡대나 흑룡대 모두 같은 남궁세가다! 혹여 호승심이 지나쳐 손속이 과하거나 사내답지 못한 짓을 한다면 크게 경을 칠 것이다! 소가주님은 너그럽게 용서하실지 몰라도 이 주오는 아니다! 알아듣겠느냐?"

사나운 호랑이 같은 기세를 풍기는 주오의 말에 들떠 있던 수련생들의 분위기가 차분히 가라앉았다.

남궁유한이 자신이 할 얘기를 대신 해주는 주오를 흡족한 표정으로 바라보며 말했다.

"한 가지만 명심해라!"

남궁유한이 하늘을 향해 검을 뽑아 들었다.

"우리는… 남궁세가다!"

그러자 연무장에 모여 있던 수련생들이 일제히 검을 하늘로 뽑아 들었다.

"우리가 남궁세가다!"

"와아아아아!"

거대한 함성 소리가 남궁세가 창천장원 전체를 떠들썩하게 만들었다.

"내 죽기 전에 이런 광경을 볼 수 있다니……."

멀리서 연무장을 지켜보고 있던 태상부인 당혜가 옷소매로 연신 흘러내리는 눈물을 닦았다.

"가가, 그리고 천아, 이 광경이 보이느냐? 모두가 끝났다고 생각했던, 심지어는 나조차도 그리 여겼던 우리 세가가 다시 용틀임을 하려 하는구나."

옛 추억이 떠올라 연신 눈물을 훔치는 당혜를 보며 곁에서 따르던 남궁아연이 말했다.

"숙부님은… 정말 세가의 복이에요."

"그렇구나. 왜 저 아이를 만났을 때 그리 모질게 대했을꼬."

당혜는 남궁유한을 믿지 못해 삼신혈뇌고를 하독했던 것을 깊이 후회하고 있었다.

그 상황에서는 그것이 당연하다 할 수도 있었으나, 지금 돌이켜 생각하니 그것만큼 후회되는 일이 없었다.

'앞으로 더 잘해주면 될 일이야. 보잘것없는 늙은 여인네에 불과하나 내 저 아이를 위해 그 어떤 일이라도 도울 것이야. 저 아이를 돕는 것이 남궁세가를 위하는 길일 것이니……'

"아연아, 네가 팽가로 시집을 간다 해도 유한이가 든든히 버티고 있을 것이다. 유한이가 너에게 울타리가 돼줄 것이니 팽가로 시집가더라도 전혀 기죽을 필요 없느니라."

그런데 팽가로 시집가야 한다는 소리에 아연의 표정이 일순 어두워졌다.

'그렇게 될 것이 나는 싫어. 팽 공자가 싫은 것은 아니나 유한 오라버니가 더 좋은 것을……'

남궁아연은 남몰래 한숨을 내쉬었다.

"상 수객, 참으로 보기 좋은 광경이 아니오?"

폭렬도 팽강이 광풍삼십육도객의 수객인 상호평에게 말했다.

"그렇습니다. 저 역시 무인으로서 저렇듯 열의를 다해 수련하는 광경을 보니 절로 피가 끓습니다."

"상 수객도 그랬소? 나 역시 그랬다오. 남궁세가에 머물기로 한 것이 잘한 듯싶소. 남궁세가의 미래를 볼 수 있는 기회를 잡았으니."

"그래도 본가에서는 불편한가 봅니다."

팽강은 자신의 세가에 남궁아연과의 혼사 문제를 서둘러 매듭지어 달라는 일종의 시위를 하고 있었다.

그 일환으로 남궁세가에 계속 머물고 있는 것이었다.

하지만 세가의 장손이 남의 세가에 계속 신세를 지는 모양새니 하북팽가에서는 심기가 편할 리 없는 것.

"그리고 이것은 남궁세가에 너무 폐를 끼치는 것 아닙니까? 소가주가 원하면 언제까지나 머물러도 좋다 했으나……."

상호평이 남궁세가에서 공밥을 먹는 것이 영 불편한 표정으로 말했다.

"상 수객, 남궁세가에서 혹 박하게 대하던가?"

"아, 아닙니다. 이건 조금만 더 있다가는 시비들이 저희들 입에 밥까지 떠먹여 주겠다 싶을 정도로 극진히 대접해 주기는 합니다."

광풍삼십육도객을 대함에 있어 남궁세가는 최선을 다했다.

아예 전각 하나를 통째로 내줬고, 매 끼니 때마다 온갖 산해진미를 대접했다. 그리고 용채로 쓰라며 매일같이 은자까지 안겨주니 대접의 극진함에 있어서는 더 말할 필요조차 없었다.

그러나 공으로 그런 대접을 받자니 상호평은 불편했던 것이다.

"그렇게 생각할 필요 없네. 우리가 이곳에 있어주는 것만으로도 우리 밥값은 하는 것이니."

"무슨 말인지 모르겠습니다."

그저 놀고먹기만 하고 있는데 그것이 밥값을 하는 것이라? 상호평의 머리로는 당최 이해할 수 없는 얘기였다.

"크게 당한 단목세가와 제갈세가가 왜 섣불리 남궁세가에 무력시위를 하지 못하는 줄 아는가?"

"그거야 그들 세가의 포로가 남궁세가에 잡혀 있으니……."

"물론 그것도 한 이유겠지. 그러나 우리가 남궁세가에 있는 것도 무시할 수 없는 이유라네."

팽강이 여유로운 표정으로 말을 이었다.

"단목세가와 제갈세가가 지금 당장 남궁세가에 무사들을 보내면 필연적으로 우리 광풍삼십육도객과 마찰을 빚을 수밖에 없네. 우리에게 검을 겨눈다 함은 곧 하북팽가에 칼을 들이대는 것. 우리가 이곳에 머물고 있는데 감히 그들이 무력시위를 할 수 있을까? 우리와 완전히 등을 돌릴 것이 아니라면 당분간은 참을 수밖에 없는 것일세."

그때서야 상호평이 '아' 소리를 내며 이해했다는 표정을 지었다.

"그럼, 소가주가 먼저 우리에게 세가에 좀 더 머물러 달라 청했던 것도 그런 이유였습니까?"

팽강이 고개를 끄덕였다.

"그러니 공밥 먹는다 생각하지 말게. 주는 대로 받고 해주는 대로 즐기게. 그저 편히 휴양 왔다 생각하고 느긋하게 생각하란 말일세."

"하하하! 그럼 다른 아이들에게도 전해야겠습니다. 그동안 받아둔 용채로 기루에 가서 회포나 풀어야겠습니다."

"원하는 대로 하게. 그러나 한 가지는 명심하게. 남궁세가 소가주는 대단한 인물이야. 그의 눈이 어디까지 뻗어 있을지 모르니 행동에 조심은 해야 할 것일세. 무인은 어떤 상황에서든 서 푼의 힘은 감추는 것이라 했으니."

상호평이 고개를 끄덕였다.

그 역시 남궁세가 소가주가 범상치 않은 인물이라는 것쯤은 진작에 깨닫고 있었다.

"장래에 적이 될 수도 있단 말씀이십니까?"

"글쎄… 설마 그렇게야 되겠나? 연 매와 내가 곧 혼인할 것인데. 우리 팽가와 남궁가가 손을 잡는다면……."

'우리 팽가에 스며든 묘한 기류에 대항할 수 있을 것이다. 아마도 단목과 제갈 쪽에서 모종의 수작을 부리는 것 같은데……. 잔머리는 그 두 세가의 전문. 팽가와 남궁가, 당가가 연수할 수 있다면 두 세가가 무슨 수작을 부리든 힘으로 찍어 누를 수 있을 것이다.'

팽강은 진작부터 오대세가의 평화시대 따위가 마음에 들지 않았다.

오대세가 외에 다른 세가가 강성해지기 시작하면 온갖 비열한 수단을 동원해 유지했던 오대세가의 평화시대였다.

진정 강해서 오대세가로 불린다면 그것은 당연할 것이나, 뒤에서 더러운 수작이나 부리고 비열한 음모나 꾸며서 다른 세가의 부흥을 막고 유지된 오대세가라면 더 이상 존재 의미가 없다고 여겼다.

"바뀔 때가 되었어. 여러 세가의 흥망을 억지로 조절해 왔던 시대는 지난 거야."

한차례 광풍이 휩쓸고 지나면 어찌 될지는 아무도 모른다.

오대세가가 삼대세가로 축소될지, 여전히 오대세가로 유

지될지, 아니면 다른 세가들이 급부상해 십대세가가 될지.

그동안 상대적으로 오대세가에 눌려왔던 하북의 하후세가, 산동의 악가와 황보세가, 강소의 신창양가, 절강의 모용세가, 하남의 서문세가, 광동의 광동진가 등, 여러 세가들이 어떻게 변하게 될지는.

"그러나 확실한 것은 우리 팽가는 힘이 있으며, 그 어떤 격류 속에서도 중심을 유지할 수 있는 거함이라는 사실을."

구파일방, 그중 소림과 무당, 화산 등이 문파에 속한 개개인을 따져 보면 가장 강력하다.

그러나 그들은 어디까지나 불도와 선도를 추구하는 출가자들이며 그 수도 의외로 적다.

이에 반해 천하의 온갖 이권을 장악하고 있는 것이 세가다.

제자들과 문인, 방계까지 모조리 합치면 그 수만도 기천을 헤아리는 것이 세가.

이모저모를 다 따져 봐도 세에 있어서 세가와 구파일방은 애당초 서로 비교 대상이 아니다.

정파제일고수는 대개 구파일방에서 나올지 몰라도 힘의 총합은 세가 쪽이 월등한 것이다.

"무림제일세가가 곧 정파제일세(正派第一勢)가 되는 것이지. 어쩌면 감숙성에 외따로 떨어져 있는 십만마교를 제외하면 천하제일세라 불러도 무리가 없을 것이다."

무인으로 태어나 천하제일고수가 되는 것이 가장 커다란

포부일 것이다.

그리고 그다음을 꼽으라면 자신이 속한 문파가 천하제일
세가 되는 것.

폭렬도 팽강은 천하제일고수와 천하제일세라는 두 마리의
토끼를 잡을 생각이었다.

물론 그 길이 쉽지는 않겠지만.

퍽! 퍽! 퍽!

"졌소."

비무에 나선 고방충이 만신창이가 된 채 바닥에 무릎을 꿇
었다.

그러나 고방충을 이긴 창룡대 전성 역시 그리 좋은 상태는
아니었다.

충격을 완화시켜 주는 특별한 수호갑을 입고 있다 해도 전
력을 다해 내려친 고방충의 목검은 무시무시했다.

"헉헉!"

비무에서 이긴 전성이 더욱 지친 듯한 기색으로 간신히 연
무장에 서 있었다.

첫날 비무의 결과는 십일 대 구로 창룡대의 승리.

"한 판 더 합시다."

아슬아슬하게 패한 흑룡대 수련생들이 분을 이기기 못하
고 소리쳤다.

흑룡대 수련생들이 너나 할 것 없이 연무장 중앙으로 쏟아
져 나왔다.

호승심이 지나쳐 자칫 세가 수련생들 사이에 피라도 볼 것
만 같은 험악한 분위기였다.

"그만! 여기까지다!"

창룡대와 흑룡대 사이에 무공 교두 역할을 하고 있던 진 노
인이 끼어들며 소리쳤다.

그런데 외견상으로는 볼품없는 진 노인이었으나, 그의 목
소리에 담긴 기세는 무시무시했다.

또한 처음에는 그런 진 노인을 얕봤던 흑룡대 무사들도 며
칠 그를 겪어본 후엔 그가 대단한 고수라는 것을 알고 있었
다.

"그만 하라 했다!"

진 노인이 내력을 돋우어 다시 한 번 소리치자 흥분했던 흑
룡대 무사들이 엉거주춤한 자세로 물러서기 시작했다.

그러자 바닥에 무릎 꿇고 고개를 푹 숙이고 있던 고방충이
서서히 고개를 들었다.

그는 무척이나 분한 듯 눈시울마저 붉어져 있었다.

"오늘은 우리가 졌다. 그러나 내일은 지지 않을 것이다."

그러며 진 노인에게 물었다.

"진 사부, 오늘 수련과 비무가 다 끝났으나 우리가 연무장
을 계속 사용해도 되겠습니까?"

고방충의 눈에서 타오르는 열의를 느낀 진 노인이 말했다.

"문제없을 것이네."

진 노인이 허락하자 고방충이 흑룡대를 향해 소리쳤다.

"분하지 않은가?"

"분합니다!"

"그저 분한 것으로 끝낼 것인가?"

"아닙니다!"

"다시 검을 들어라! 오늘 밤이 새도록 검을 휘두를 것이다! 내일은 반드시 이긴다!"

"와아아아!"

흑룡대 전원이 함성을 지르며 분함을 노력으로 바꾸기 시작했다.

고된 수련이 끝나고 이미 날도 저물었음에도 그들은 연무장에 불을 밝히고 다시 검을 들었다.

"발검!"

이전부터 흑룡대의 지도자 같은 역할을 하고 있던 고방충의 구령에 따라 흑룡대 수련생들이 일제히 검을 뽑았다.

"우리도 질 수 없다! 오늘은 이겼으나 내일도 그러리라는 법은 없다! 창룡대, 발검!"

간신히 승리하기는 했으나 털끝 하나 차이였다.

잠시라도 검을 손에서 놓았다가는 내일은 창룡대가 분루를 삼킬 것이 명약관화한 일.

전성의 구령에 따라 창룡대 전원이 검을 들었다.

쿵! 쿵! 쿵!

밤을 환하게 밝히며 연무장 바닥을 딛는 수련생들의 소리가 요란하게 들렸다.

"이얍! 이얍! 합! 합!"

그들은 육체적으로는 이미 녹초가 되고도 남았다.

그러나 그들의 기합 소리는 오히려 낮보다 우렁차기만 했다.

이제는 은자나 분주, 돼지나 오리 등을 얻는 것이 문제가 아니었다.

사내로 태어나 눈앞에 보이는 경쟁자에게는 절대 질 수 없다는 호승심이 활활 불타올랐다.

만 리 밖의 천하제일고수보다 눈앞의 경쟁자가 더 두려운 법이다.

그 두려움을 떨쳐 내기 위해서라도 이들은 잠시도 쉴 수가 없었다.

타고난 자질이나 환경, 그리고 과거도 제각각인 이들이었으나 이들은 사내로서, 무인으로서의 순수함 그 자체였다.

그 순수함이 이들을 하나로 묶어주고 있었다.

"허허! 이를 어쩐다……."

시간이 너무 지나 진 노인이 이제는 그만 해야 한다며 사정조로 말할 때까지도 수련을 그칠 줄을 몰랐다.

남궁유한이 직접 연무장에 오고 나서야 그들은 하루 수련을 마치고 억지로 잠자리에 들었다.

그런 그들을 보며 남궁유한은 흡족한 미소를 지었다.

"아평, 아소, 오늘부터는 분심양의류(分心兩意流)를 익혀라."

남궁유한은 마도시대의 신무학 중 하나인 분심양의류의 무공 주해를 아평과 아소 형제에게 건넸다.

분심양의류는 이름 그대로 마음을 둘로 나눠 내공을 증진시키는 심법이었다.

마음이 둘로 나눠져 각기 두 마음이 내공을 쌓으니 내공 증진의 빠르기 또한 두 배가 되는 신묘한 것.

더욱이 분심양의류는 산술급수적으로 내공이 증진되는 것이 아니라, 내공이 두 배로 증진되면 그다음 단계에는 네 배로, 다다음 단계에는 여덟 배로 뛰어오르는 기하급수적인 묘용을 가지고 있었다.

우연한 깨달음으로 일시에 증진되는 것이 아니라 꾸준히 수련하게 되면 확실하게 내공이 증진되는 것.

그야말로 기존 내공심법의 상식을 뒤엎은 것이었다.

"창궁무애검법(蒼穹無涯劍法)과 회풍무류사십팔검(廻風霧流四十八劍)이다. 분심양의류를 익히고 이 두 검법을 익히게 된다면 좌검으로는 창궁무애를, 우검으로는 회풍무류를 동시에 펼칠 수 있을 것이다. 형제인 너희 둘이 분심양의류로 펼치는 창궁무애와 회풍무류는 둘에 둘을 더한 넷이 아니라, 여덟이나 열여섯의 위력까지 능히 발휘할 것이다.”

분심양의류의 진정한 묘용은 각기 다른 검법을 동시에 펼침으로써 둘에 둘을 합치면 사가 되는 것이 아니라 여덟도, 열여섯도 되는 점에 있었다.

아평과 아소가 제대로 익히기만 한다면 두 명의 아평과 아소가 있는 것이 아니라 그들 수준의 고수 열여섯 이상이 동시에 존재하게 되는 것이리라.

“가, 감사합니다.”

하루 종일 연무장에서 수련하느라 녹초가 된 아평, 아소 형제였으나 새로운 의욕이 샘솟았다.

“분심양의류에 있어 궁금한 점이 있으면 어느 때고 나를 찾아라. 그리고 창궁무애와 회풍무류는 세가의 비전, 나보다는 진 노인이 그에 대해서는 더 정통할 것이다.”

“검법에 대해 궁금증이 생기면 주저 않고 진 할아버지에게 물어보겠습니다.”

남궁유한은 고개를 끄덕이더니 초설을 바라봤다.

소주제일기녀 소리를 들었을 정도로 빼어난 미모를 가진 초설이었으나 요즘 초설은 눈두덩의 푸른 멍이 가실 날이 없었다.

밤마다 이어진 소가주와의 비무 때문이었다.

소가주는 여자라 해서 봐주는 법이 없었다.

"초설, 너는 앞으로 경천육십사비(驚天六十四匕)를 익혀라. 대성하기만 한다면 일수(一手)에 육십사 개의 비수를 날려 육십사 방위를 모조리 틀어막는 절정의 비도술이다."

무학의 절정을 이뤘던, 무학의 극한을 봤던 마도시대에도 삼대비도술 중 하나로 꼽혔던 것이 경천육십사비였다.

"멈춰 있는 표적을 상대로 연습해 봐야 아무 소용 없다. 살아 있는 자를 향해 비도를 던져라."

"살아 있는 자를 향해서 말입니까?"

"훗! 요즘 곽상이 빈둥거리고 있는 것 같은데 그 녀석을 상대로 시험해 봐라."

곽상이라면 어설픈 비도술 따위에 당할 사람이 아니다.

그러나,

"곽 오라버니가 과연 응해줄까요?"

"그거야 네가 알아서 할 일이다. 내가 모든 것을 다 해줄 수는 없는 일. 정 힘들면 곽상을 유혹해서라도 도움을 얻어라. 그 정도 각오도 없이 내가 모든 것을 입에 떠먹여 주기를 바란 것이냐?"

초설이 그 소리에 입술을 앙다물었다.

'그래, 소가주님 말씀이 옳아. 어떻게든 곽 오라버니에게 도움을 얻고 말 거야.'

남궁유한이 묘한 미소를 짓더니 매타자를 바라봤다.

“매타자 너는…….”

매타자에게 무언가를 설명하려다 남궁유한은 이내 포기했다.

매타자에게는 말로 설명해 봐야 아무 소용이 없다는 것쯤은 진작에 알고 있었으니.

“이 책의 내용을 모조리 외워라. 그리고 그대로 행해라.”

매타자가 대경실색했다.

“헉! 모, 못하지라. 이 돌대가리에는 한 글자도 들어가지 않지라. 게다가 까막눈인 이놈이 우찌 그런 어려운 일을 한다요?”

“글줄깨나 읽었다는 작자에게 이것을 읽어달라 해라. 한 만 번쯤 듣다 보면 외우기 싫어도 외워지지 않겠느냐?”

매타자가 고민했다.

“만 번쯤 들으면 외워질랑가요? 적어도 십만 번은 들어야……. 아녀, 아녀. 이 돌대가리는 백만 번은 들어야 할 거고만.”

“훗!”

매타자를 보며 남궁유한이 웃었다.

‘매타자가 머리가 떨어지는 것은 사실이다. 대신 순박하여 꾀를 부릴 줄을 모르지. 저 녀석 말대로 십만 번, 백만 번이라도 들을 녀석이다. 아무리 어려운 무학이라도 그 정도 듣게 되면 절로 깨닫는 것이 적지 않을 것이다. 금강불괴신공이란

자고로 수십만의 기나긴 고련 끝에 이뤄지는 것이니 매타자에게 이 이상 어울리는 무공은 없으리라.'

남궁유한은 신폭풍대 사 인을 보며 흡족한 미소를 지었다.

"헉! 이 녀석들아, 잠 좀 자자."

밤늦게까지 수련생들을 지도하느라 극도로 피로해 침상에 눕자마자 잠이 들었던 진 노인이다.

이제 좀 곤히 자볼까 했는데 아평과 아소 형제가 진 노인의 처소를 불시에 습격했다.

잠이 부족한 진 노인을 깨우고 두 형제가 그를 수시로 괴롭히고(?) 있었다.

"창궁무애검법을 익히다 도저히 이해가 가지 않는 부분이 생겼어요. 의문이 풀리지 않으니 잠을 이룰 수가 없어요. 할아버지, 이 부분하고 이 부분 좀 설명해 주세요."

쉭! 쉬익! 쉬익!

다짜고짜 진 노인의 처소를 습격한 것으로도 모자라 아평과 아소는 목검을 빼 들고는 창궁무애검법을 펼치기 시작했다.

'허……'

늙은 데다 이제는 잠까지 부족해진 진 노인이 길게 한숨을 내쉬었다.

처음에는 야심한 시각에 자신을 찾아올 정도로 검법에 열의를 보였던 아평, 아소 형제가 기특하기 그지없었다.

그러나 그것도 하루 이틀이지 하룻밤에도 대여섯 차례씩 자신을 깨우니 진 노인은 죽을 맛이었다.

'그래도 싫다 할 수는 없는 일이지. 이 녀석들이 제대로 성장한다면 다음 대 남궁세가의 수호검은 걱정할 일이 없으니.'

힘든 것은 사실이었으나, 열의에 넘치는 아평과 아소 형제가 품고 있는 궁금증을 풀어주기 위해 진 노인은 오늘도 잠을 줄여가며 최선을 다하고 있었다.

"그, 그만 해라!"

언제나 화주를 들이켜고 있어 온전한 정신일 때가 극히 드문 곽상이 오늘은 유별나게 또렷한 상태였다.

"가까이 오, 오지 말래도!"

곽상이 기겁을 하고 있었다.

"오라버니, 제 청을 들어주지 않으면 계속 이럴 거예요."

초설이 야릇한 교태를 흘리며 곽상에게 다가오자 곽상은 안절부절못했다.

지난 며칠 동안 초설이 안 보이는 곳으로 숨기도 했으나 초설의 끈기도 만만치 않았다. 그동안 익힌 사신의 공으로 인해 초설도 보통은 넘었으니.

처음에는 더 이상 가까이 오면 베어버린다고 위협도 해보았고, 실제로 검까지 휘둘렀었다.

그러나 초설의 결의는 살기가 담기지 않은 비실비실한(?) 곽상의 검 정도는 능히 꺾어버리고도 남았다.

"네가 던지는 비, 비도만 피해주면 이러지 않을 것이냐?"

곽상이 또다시 기겁을 하며 소리쳤다.

"물론이에요."

"아, 알았다."

의외로 간단했다.

검광 곽상은 가진 바 검법이 출중하고 괴팍한 면이 많은 인물이었다. 그러나 그는 여인에 대해 심한 거부감을 가지고 있었다.

천하에 두려울 것 없는 곽상이었으나, 여인이 곽상의 천적이었던 것이다.

찰싹! 찰싹! 찰싹~!

단단하기 이를 데 없는 철오죽(鐵烏竹)으로 만든 몽둥이가 너덜너덜해졌다.

그러나 철오죽 몽둥이에 벌써 한 시진 이상을 쉬지 않고 맞고 있는 매타자는 태평하기 그지없었다.

"거시기, 죽도 못 먹었는감? 좀 더 힘을 내보지라."

"헉헉! 조, 조금만 쉽시다!"

철오죽 몽둥이로 매타자를 때리던 사내들이 도리어 숨을

헐떡거리며 쉬기를 청했다.

"쩝! 그람 어쩔 수 없지라."

매타자는 입맛을 다시며 곁에서 유한이 건네준 두루마리를 읽어주고 있는 복삼을 채근했다.

"형님, 오늘은 몇 번이나 읽어줬수?"

복삼이 모르겠다는 듯 고개를 가로저었다.

"내가 그 숫자를 일일이 세고 있을 줄 알았느냐? 대략 오백 번은 능히 읽어줬을 것 같다."

그러며 복삼이 매타자의 몸뚱이를 바라봤다.

"매타자야, 정말 아무렇지도 않은 것이냐? 한쪽 바닥에는 냉기가 풀풀 올라오는 한옥을 깔고, 다른 한쪽에는 불을 지피고 있는 청석판 위에 앉아 있는데도?"

"몸뚱이가 후끈 달아올라 땀을 쭉 빼는 것이 기분이 좋지라. 게다가 땀띠가 날 만하면 시원해지기도 하니 극락이 따로 없구만유."

"허~! 저거 안 보이느냐?"

복삼은 매타자 바로 옆에서 펄펄 끓고 있는 과자(鍋子:밑이 움푹 꺼진 냄비)를 바라봤다.

한참 부글부글 끓어올라 안의 고기가 노릇노릇하게 잘 익고 있었다.

화상을 입고도 남을 정도의 열기라는 것이다.

그리고 한옥 위에는 시원하게 빙과를 해먹을 요량으로 얼리고 있는 얼음이 보였다.

물이 펄펄 끓을 정도의 열기와 얼음이 얼어버릴 정도의 한기가 교차하는 곳 중심에 바로 매타자가 앉아 있었다.

그런데도 어디 휴양이라도 온 것처럼 느긋하기 그지없는 매타자.

기이하기 그지없는 일이었다.

"그리고 몇 시진 내내 철오죽에 맞았는데도 멀쩡하단 말이냐?"

철오죽은 정말 단단한 물건이었다.

그것으로 몇 차례만 맞아도 보통 사람은 당장 혼절해 버릴 정도로.

그러나 매타자는 도리어 철오죽이 너덜너덜해질 때까지 맞았음에도 끄떡없었다.

"이놈은 본디 무언가로 두들겨 맞고 있어야 집중이 잘되지라. 이렇게 맞고 있지 않았으면 형님이 그거 아무리 읽어줘도 한 자도 귀에 들어오지 않지라. 이렇게 맞고 있는 덕에 무려 오십 자나 요결을 외웠지라. 흐흐흐!"

남궁유한이 준 두루마리에 적힌 요결은 정확히 일천 자였다.

그런데 매타자는 이제 겨우 오십 자를 외워놓고는 큰일을 해냈다는 듯 뿌듯해하고 있었다.

"허참. 네 녀석이 해달라니 해주기는 한다만……."

그러며 뜨겁게 달궈진 청석판 위에서 금세 익어버린 계란 껍질을 누런 이빨로 톡톡 깨는 복삼.

"참으로 기이한 몸뚱이란 말이야?"

잘 익은 계란을 한입에 털어 넣으며 복삼이 말했다.

"하하하! 이놈, 몸뚱이 빼면 아무것도 없지라. 그럼 오늘은 열 자만 더 외워볼까?"

매타자의 하루 목표는 요결 스무 자 외우기.

그 정도는 꼬마라도 능히 외울 수 있는 양이었으나 매타자에게는 혼신의 힘을 다해야 외울 수 있는 엄청난 양이었다.

남궁세가는 물론 남궁유한을 따를 신폭풍대 역시 이처럼 분주한 날들을 보내고 있었다.

第五章 황산기사(黃山奇事)

無敵世家

황산(黃山).

천하제일기산(天下第一奇山)으로 불리는 곳이다.

기암괴석과 그 위에 우뚝 선 울창한 소나무, 바다 같은 운해, 그리고 온천 등의 사절(四節)로 유명한 곳이다.

서하객은 황산을 두고 이렇게 읊었다.

오악(五岳)을 보고 온 사람은 평범한 산은 눈에 들어오지도 않는다. 그러나 황산을 보고 온 사람은 오악도 눈에 들지 않는다[五岳歸來不看山, 黃山歸來不看五].

이런 황산을 오르는 일행이 있었다.

"황산에 와 운해에 둘러싸인 제일봉인 연화봉을 오르는 것은 당연할 것이고, 광명정과 비래석, 몽환경구로도 불리는 서해대협곡 또한 지나칠 수 없는 곳이지요. 또한, 비취빛 물색으로 유명한 애담 또한 꼭 가봐야 할 곳이지요."

황산 초입을 지나 본격적으로 산에 오르고 있는 팽강이 사전에 알아본 것들을 줄줄이 읊었다.

"그런가?"

곁에서 걷고 있는 남궁유한은 시큰둥한 어조로 말했다.

남궁유한이 굳이 황산까지 걸음을 한 것은 한가하게 경치 구경이나 하기 위함이 아니었다.

황산의 탕구에 있다는 한 사람을 만날 목적이었다.

"숙부님, 저것 좀 보세요. 마치 하늘에 바다가 흐르고 있는 것 같아요."

남궁아연이 평소답지 않게 흥분한 상태로 운해를 가리켰다.

황산의 절경 중 하나가 구름의 바다라더니 정녕 하늘에 바다가 흐르고 있는 것처럼 느껴졌다.

남궁유한 역시 내심 감탄했으나 그의 머릿속에는 황산에 오기 전 복삼이 전해준 얘기로 가득한 상태였다.

그러니 남궁아연의 말이 귀에 제대로 들어올 리가 만무했다.

남궁아연은 유한의 그런 태도에 적잖이 토라지기도 했으나 황산의 압도적인 풍경에 곧 마음을 빼앗기고 말았다.

“연 매, 황산이 그리도 마음에 드나?”

팽강이 흐뭇한 얼굴로 물었다.

“물론이에요. 오라버니 덕에 정말 좋은 구경 하게 됐어요.”

“하하하! 내가 무엇을 했다고. 그런데 창천장원에서 그리 멀지 않은 곳에 있는데 연 매는 황산이 처음인가 보지?”

“그럼요. 철들고 나서는 장원 밖을 나올 생각을 못한 것을요.”

아연은 일찍 철이 든 편이었으나 이미 그때는 세가가 몰락해 버린 후였다.

그녀가 실질적으로 무언가를 할 수는 없었으나, 그렇다고 한가로이 유람이나 다닐 처지도 아니었던 것이다.

‘그랬을 것이다. 휴우~! 진작에 찾아와 연 매와 이곳저곳 세상 구경을 했어야 하는데, 내가 신경을 쓰지 못한 탓이다.’

팽강은 속으로 그리 생각하며 말했다.

“숙부께서 허락한다면 날을 잡아 중원 곳곳으로 유람을 떠나는 것은 어떻소? 항주 서호에 배를 띄우고 용정을 마시고, 태산에 올라 천지의 기운을 느껴보는 것이오. 하하하!”

팽강은 진심이었다.

일단 혼인을 하게 되면 가문의 눈이 있으니 남궁아연은 팽가 안에서 대부분의 시간을 보낼 것이다. 아이라도 낳게 되면 더더욱 움직이기가 힘들 터.

그리되기 전에 세상 구경을 다 시켜주고 싶은 마음이었다.

"당 소저는 어떻소? 당가의 가법이 엄해 당가의 여자들도 사천성 성도 밖을 잘 나오지 못한다 들었소만……."

팽강이 당산산을 향해 물었다.

팽강은 당산산에게 최대한 잘해주려 노력했다.

왠지 당산산의 처지 또한 아연의 처지와 별다를 것 없이 느껴진 것이 첫째 이유였다.

그리고 자신이 생각하는 팽가와 남궁가로 이어지는 연수에 당가를 끌어들이고 싶은 것이 둘째 이유였다.

그리고 셋째.

아연이 남궁유한을 이복 남매 이상의 감정으로 대하고 있지는 않나 하는 묘한 불안감 때문이었다.

그런 불안감을 없애기 위해서라도 남궁유한이 당산산과 이어지는 것이 좋았다.

그런 연유로 황산 유람을 처음 생각했던 팽강은 남궁아연은 물론이고 당산산의 동행을 강력히 청한 것이었다.

물론 남궁유한이야 어차피 황산에 올 일이 있었으니 유람에 누가 오든 별다른 생각조차 없었고.

'당 소저 또한 배경이나 미모 또한 아연에 비해 별로 달릴 것이 없다. 그동안 지켜본 바에 의하면 정숙한 처녀이니 남궁 숙부의 배필로 모자람이 없으리라.'

팽강의 그런 생각을 알고나 있는지 남궁유한은 일 년 내내 온천이 솟는다는 탕구 인근으로 발걸음을 재촉했다.

복삼을 시켜 사전에 사는 곳을 정확히 알고 있으니 산속에서 길을 잃을 일은 없었다.

게다가 하오문 출신의 길잡이가 길을 잡고 있으니 그가 안내해 주는 방향으로 가기만 하면 될 일이었다.

그렇게 한 반 시진 정도를 종종걸음으로 걸어갔을까?

숲 속에서 갑자기 이마에 '나 산적이오' 라고 써놓고 다니는 사내 십여 명이 나타났다.

세상에 산적도 많고, 인생사 원래 굴곡진 것이라 살다 보면 산적 한 번쯤 만날 수도 있다.

그래도 그렇지.

"우리는 산중호걸들이시다!"

첫 대사도…….

"어흠! 죽고 싶지 않으면 가진 것 모두 내어놓아라!"

식상한…….

"그러면 목숨만은 살려줄 것이다!"

허…….

"그리고 저년들의 얼굴이 반반하니 두고 가거라!"

갈수록 첩첩산중…….

남궁유한은 짜증 가득한 표정이었다.

산적들은 쳐다보지도 않고, 아예 상대할 생각도 없다는 듯이 산적들 사이를 유유히 걸어갔다.

팽강 역시 이거 너부한다는 표정을 짓고 있었다.

그의 얼굴 한구석에는 허탈한 표정마저 뒤섞여 있었다.

"하……."

팽강이 고개를 가로저었다.

남궁아연과 당산산 역시 여인이라 하나 무가의 자손들. 저런 산적들 수십은 가볍게 찜 쪄 먹을 재간이 있었다.

두 여인 또한 길게 한숨을 내쉬며 남궁유한과 팽강의 뒤를 따랐다.

"아니, 이것들이 미쳤나? 우리가 누구인 줄 알고! 녹림왕을 따르는 녹림이십사적(綠林二十四賊)이니라!"

녹림왕 휘하의 녹림이십사적이라면 무림에 꽤 명성을 가진 녹림도들이다.

그러나,

"휴우~!"

팽강이 길게 한숨을 내쉬었다.

진짜 녹림이십사적이 이 자리에 있다 해도 눈 하나 깜빡하지 않을 사람이 남궁세가 소가주와 자신이다.

그런데 녹림이십사적의 이름이나 팔고 있는 저런 얼뜨기 산적들 따위는…….

"가라, 가! 손에 피 묻히고 싶지 않으니."

팽강이 손사래를 쳤다.

"아니, 저것들이! 형제들아, 모두 무기를 뽑아라! 저 미친 것들에게 따끔한 맛을……!"

휘익! 휘이익! 휘이익!

바람 소리가 몇 번 났다.

"캑! 대협, 살려, 꾸엑, 주십시오! 죽을죄를, 우웩, 지었습니다! 커억! 용서를, 우에엑!"

산적 열이 바닥에 대가리를 처박고 고통스러워하고 있었다.

"……."

얼뜨기 산적들을 향해 소맷자락 몇 번 휘두르는 것으로도 자존심이 상한 남궁유한이 당장에라도 짜증이 폭발할 것만 같은 얼굴로 말했다.

"나 남궁유한이다."

"남궁유한……."

이름 참 후레자식답구나… 가 아니라 그 남궁유한?

남궁세가 소가주?

유성검 단목대운을 떡으로 만들었다는 그?

단목세가와 제갈세가 정예를 회 쳐버렸다는 그 남궁유한?

남궁유한이 짜증 섞인 표정으로 지나가자 팽강이 바닥을 뒹구는 산적들 사이로 지나갔다.

"나, 팽강이다."

이 녀석 이름은 진짜 개자식…….

퀘엑!

폭렬도 팽강? 하북팽가의 대공자?

우엑!

‘개작두 이 자식, 돈 많은 호구들이 걸렸다고 얼른 한탕하
자고? 산채에 돌아가기만 하면 내 이 자식을……’

황산 인근에서 산채를 신장개업한 산적 윤달호. 특이하게
도 작두를 주로 써 용작두라는 이름으로 더 알려진 윤달호가
부르르 몸을 떨었다.

더럽게 일진 사나운 초보 산적 용작두는 죽은 척하며 남궁
유한 일행이 이 길을 지나가기만을 빌고 또 빌었다.

“하아~! 어처구니없이 산적 나부랭이나 만나는 액운을 맞
았는데, 이제는 횡재할 때가 되지 않았나?”

팽강이 너스레를 떨자 아연이 방긋 웃으며 물었다.

“황산의 절경을 보는 것만으로도 횡재한 것이 아닌가요?”

“하하하! 그렇기는 하지. 뭐, 인형설삼까지는 바라지도 않
고 소박하게 어디 눈먼 만년설삼 한 뿌리라도 돌아다녔으면
좋지 싶은데……”

“호호호! 평생 산을 타는 심마니들조차 백년설삼 한 뿌리
발견하기 힘들다는데요.”

“내 연 매의 눈가에 잔주름 생기는 것을 보니 마음이 아파
서 그렇지. 만년설삼 한 뿌리 보이면 내 큰맘 먹고 절벽이라
도 한번 타려 했건만, 아쉽군 그래.”

팽강이 익살을 떨자 남궁아연뿐만 아니라 아직은 서먹서
먹해하던 당산산 또한 입을 가리고 웃었다.

그저 황산의 풍경이 빼어나다기에 온 자리였으나 이렇게 웃고 떠들며, 산적을 만나는 대흉액(?)까지 같이하게 되자 이전보다 더 친밀감을 느끼기 시작한 이들이었다.

"남궁 숙부님, 사내 체면에 황산까지 와서 도라지 한 뿌리 캐지 못하면 그렇지 않습니까? 이처럼 아리따운 여인들을 위해 숙부님과 제가 만장절벽 한번 타야겠습니다. 하하하!"

팽강이 연신 익살을 떨자 남궁유한도 가볍게 웃으며 말했다.

"만년설삼 한 뿌리만 있다면 만장절벽 타는 일이 무어 그리 대수겠는가? 하나 무작정 만장절벽을 타느니 나 같으면 당가의 약 창고를 한번 털어보겠네. 모르긴 해도 만년설삼 대여섯 뿌리는 족히 있지 않을까 싶은데……."

짝!

팽강이 손뼉을 마주쳤다.

"그 말도 일리가 있습니다. 당가의 약 창고라면 천년하수오가 무처럼 바닥에 굴러다니고, 공청석유가 시냇물처럼 콸콸 흐른다는, 젖과 꿀이 흐르는 곳 아닙니까? 당 소저, 만년설삼 한 뿌리 어찌 안 되겠소?"

팽강의 익살에 당산산이 적응하지 못하고 정색을 하며 말했다.

"그 부분은 세가의 어른들이 관장하는 부분이라 저는 알지 못합니다."

"허~! 그럼 친년설삼 한 뿌리, 어찌 안 되겠소?"

“제가 결정할 문제가……”

“그럼 백년설삼이라도……”

당산산이 고개를 절레절레 흔들었다.

“이런, 이런! 제 말은 통하지 않나 봅니다. 어쩔 수 없겠습니다. 당 소저가 남궁세가로 시집올 때나 기대해 봐야겠습니다. 당가주께서 눈에 넣어도 아프지 않다 입이 부르트도록 말하는 따님이 시집을 가는데 혼수로 만년설삼 한 뿌리는 족히 챙겨주시겠지요. 숙부님, 만년설삼 받으시고 이 팽강을 잊으시면 안 됩니다? 조그만 줄기 하나라도 꼭 챙겨주셔야 합니다? 하하하!”

팽강은 본디 성정이 밝고 유쾌한 사나이다.

그동안 팽가의 대공자라는 신분에 억눌려 그런 기질을 최대한 억눌러 왔을 뿐이다.

그런데 같은 또래끼리, 게다가 황산 유람까지 오게 되자 절로 마음이 풀어져 본래의 성격을 드러내고 있는 것이었다.

“허허! 아연이가 팽가에 시집갈 때 우리 남궁가에서 월하검이라도 챙겨주지 않으면 혼수가 적다 타박할 사람이 아닌가?”

“하하하! 말이 그렇게 됩니까?”

팽강이 호쾌하게 웃었다.

“그런 거 필요없습니다. 연 매만 빨리 보내주십시오. 이 팽강, 연 매와 백년해로하며 죽을 때까지 연 매만을 바라보며 살 것이니."

팽강은 그러면서 아연을 곁눈질로 살폈다.

그런데 아연은 웃고 있지 않았다.

'왜? 왜 웃지 않는 것이지?'

팽강은 그런 아연을 보며 심중에 품고 있던 불안감이 새록새록 피어올라 옴을 느끼기 시작했다.

"세가의 재산은 몰라도 제가 수를 놓은 수파(手帕, 손수건)는 드릴 수 있습니다만……."

그렇게 말하는 당산산의 시선은 남궁유한에게 향해 있었다.

아연의 안색 때문에 내심 씁쓸했던 팽강이 억지로 과장되게 말했다.

"당가의 수파 말입니까? 좋습니다, 좋아요. 당가 여인들은 하나같이 교수(巧手, 솜씨있는 사람)라 들었소. 천하에서 당가의 수파를 탐내지 않는 이가 어디 있겠소?"

사천당가는 독과 암기로 유명하다.

독과 암기를 사용하기 위해서는 그 무엇보다도 손이 빨라야 하는 것이 당연한 법.

그래서 당가는 정교하고 빠른 손놀림을 기를 목적으로 남아, 여아를 가리지 않고 어릴 때부터 일부러 자수를 놓고 수예를 가르치는 것이 일반적이었다.

수백 년 동안 그러다 보니 자연스레 당가인들의 자수와 수예 솜씨는 천하의 일절로 불릴 수밖에 없었다.

그런 이유로 당가인이 직접 수를 놓은 수파는 같은 무게의 은자를 줘도 구할 수 없을 정도로 천하에 유명한 물건이 된 것이다.

"제 솜씨가 부족하다 거절치만 않으시면 황산을 내려가는 대로 드리겠습니다."

"하하하! 좋소이다. 그런데 그런 귀한 물건을 받고 가만히 있을 수는 없는 일. 이번에 우리 팽가에서 좋은 도가 많이 생산됐소이다. 내 빠른 시일 내에 좋은 도 한 자루를 답례로 드리겠소이다."

군부는 물론 황실의 황제에게도 납품하는 것이 팽가의 도다.

그런 팽가의 도 중 대공자 팽강이 주겠다는 도가 빼어나지 않을 리 없었다.

"그럼 우리 남궁가는 무엇을 드린다……?"

남궁유한이 잠시 고민하더니 말했다.

"당 소저, 원하는 것이 있으면 말해보시오. 내 무슨 수를 써서라도 구해 드릴 것이니."

"그러실 필요까지는……."

당산산이 사양하자 남궁아연이 말했다.

"당 소저, 사양치 마세요. 숙부님은 좋은 물건을 받고 그냥 넘어가면 밤에 잠도 이루지 못하는 성격이랍니다."

남궁아연 또한 거들자 난감해진 당산산이 어렵사리 입을 열었다.

"저희 아버님이 워낙에 용정차를 즐기시는데 사천에서는 좋은 용정을 구하기가 힘이 드는지라……."

남궁세가는 절강성 항주에서 용정차 사업을 벌이고 있었다.

그런 남궁세가이니 마음만 먹는다면 황제조차 구하지 못할 극상품의 용정차까지 능히 구할 수 있었다.

"그렇다면 걱정 마시오. 내 내려가는 대로 돌아다니기 좋아하는 복삼이를 시켜 항주로 보낼 테니."

남궁유한이 시원스럽게 답하자 팽강이 너스레를 떨었다.

"하아~! 연 매, 내 아버지 되시는 분도 용정을 극히 즐기시는데 말이오. 더욱이 내 어머님은 하루라도 용정을 마시지 않으면 입에 가시가 돋는다 말씀하시곤 한다오. 이걸 어쩌나. 아들 된 도리로 직접 항주를 가는 것이 마땅하려나."

남궁아연이 입을 가리며 웃었다.

"걱정 마시어요. 다른 분도 아니고 강 오라버니에게는 마땅히 해드려야지요."

그 소리에 크게 기분이 좋아진 팽강이 말했다.

"하하하! 나에게는 연 매밖에 없구나."

이처럼 서로 주고받는 정을 나누며 이들 네 사람이 어느새 탕구에 도달했다.

황산에서 유명한 황산사절 중 하나가 바로 온천이다.

황산 입구에 온천이 몰려 있으나 남궁유한이 도착한 이곳은 특이하게도 황산 깊숙한 곳임에도 따뜻한 온천이 샘솟고 있었다.

남궁유한이 특정 지점에 도착하자 팽강에게 말했다.

"팽 공자, 내 잠시 볼일이 있어 그러니 아연이, 당 소저와 함께 근처에서 기다려 주겠나?"

팽강은 황산까지 와서 무슨 볼일이 있나 싶기도 했으나 굳이 캐물을 일은 아니다 싶었다.

"그러시다면 제가 천하제일미녀 두 분을 잘 모시도록 하지요."

남궁유한이 재치있게 말했다.

"혹 산적이 출몰할지도 모르니 마음 단단히 먹어야 할 것이네."

"하하하! 걱정 마십시오. 이 팽강, 여인을 지키기 위해 목숨을 걸고 산적을 퇴치하는 청년 소협이 한번 돼보겠습니다."

"그럼 부탁하네."

남궁유한은 그러더니 경공을 펼쳐 날아가기 시작했다.

그렇게 탕구에서도 한참 떨어진 곳까지 들어서자 곧 멀리 평범한 초옥 하나가 보이기 시작했다.

'저곳인가, 철대선생이란 자가 거한다는 곳이?'

남궁유한이 이곳 황산을 찾은 것은 바로 황제의 군사였다는 철대선생을 만나보기 위해서였다.

철대선생이란 자가 그리 마음에 드는 것은 아니었으나, 일단 만나보고 결정하고자 했다.

당장에라도 세가의 총관 일을 수행할 인물을 구하지 못하면 갈수록 예전의 성세를 되찾으며 복잡해지고 있는 세가의 여러 일이 마비될지도 몰랐기 때문이다.

'세가의 살림이란 것, 의외로 어려웠다. 들어오는 것과 나가는 것을 한 치의 틀림도 없이 관리하는 것부터, 외부 사람들과 관계를 맺는 법, 그리고 사람을 부리는 것까지 쉬운 일이 없어.'

남궁유한은 철대선생이라는 자에게 큰 결점이 없으면 총관으로 영입하고자 내심 결정하고 있었다.

그가 초옥의 문 앞에 서자 때맞춰 안에서 세 사람이 초옥 밖으로 나왔다.

그런데 세 사람은 초옥 앞에 서 있는 남궁유한을 발견하자마자 코웃음을 쳤다.

그중 유백색 유삼에 손에는 백옥선(白玉扇)을 들고 머리에는 자줏빛 비단의 절각건을 쓰고 있는 사내가 유달리 눈에 띄었다.

호리호리한 몸매에 부드러운 얼굴선을 가진 사내의 얼굴에서는 현기가 절로 뿜어져 나왔다. 딱 보아도 속세의 인물처럼 보이지 않을 정도였다.

삼국지연의의 군사 제갈공명이 딱 이런 모습일까?

그 사내는 남궁유한을 보더니 다짜고짜 말했다.

"나는 출사할 생각이 없네. 그러니 돌아가게."

자신이 왜 왔는지 말하기도 전에 단박에 거절하는 그 사내를 보며 남궁유한은 아무 말도 하지 않았다.

"그렇소?"

그러더니 전혀 의외의 말을 던졌다.

"나도 당신은 필요없소!"

그러자 그 사내의 얼굴에 극히 짧은 순간 당혹감이 스쳐 지나갔다.

그러나 그 사내는 그런 내색을 하지 않고 입을 열었다.

"그렇다면 서로 용무가 없을 터, 그대는 돌아가시오."

그러자 남궁유한이 묘한 미소를 지으며 말했다.

"그럼, 그러도록 하겠소. 곧 다시 찾아올 것이니 기다리시오."

그런데 그렇게 말하는 남궁유한의 시선은 신선 같은 풍모의 사내 대신 용모가 보잘것없어 눈에 잘 띄지도 않는 곱사등이 사내에게 향해 있었다.

그러며 남궁유한이 다시 시선을 돌려 신선 같은 사내에게 말했다.

"손에 굳은살이 박여 있으니… 그대가 보표인가? 다음번에는 무인으로서 내 한 수 가르침을 내리지."

남궁유한은 찰나의 순간에 신선 같은 풍모의 사내 양손에 무인 특유의 굳은살이 있음을 알아챈 것이다.

"또한 아무리 옷으로 가린다 하나 무공을 수련한 자의 활배근(闊背筋)만은 가릴 수 없는 법이지.”

활배근은 허리에서 등에 걸쳐 퍼지는 편평하고 큰 삼각형 모양의 근이다.

내력의 존재 유무와는 상관없이 무공을 수련한 자는 필연적으로 상체가 큰 삼각형 모양으로 발달하기 마련이었다.

그러자 곱사등이 사내가 고개를 끄덕이며 앞으로 나섰다.

“이 친구의 신선 같은 풍모에 혹해 이곳에 오는 자들은 이 친구를 나로 착각하곤 하지. 그래, 그대는 왜 나를 찾아왔나?”

남궁유한이 묘한 미소를 지으며 곱사등이 사내를 바라봤다.

“오늘은 이만 돌아가겠소. 당신이 얼마나 대단한지는 모르겠으나 그런 잔재주로 사람을 희롱하는 것이 기분 좋지 않소.”

그러더니 남궁유한은 대답도 듣지 않고 초옥을 나섰다.

누군가에게 휘둘리는 것을 좋아할 리 없는 남궁유한이다.

황제의 군사든 뭐든 이런 장난에 적잖이 기분이 상했다.

남궁유한이 곱사등이 사내의 시야 밖으로 사라지는 것은 그야말로 찰나였다.

남궁유한이 시야에서 완전히 사라지자 곱사등이 사내가 고개를 갸웃거렸다.

“특이한 청년이군.”

그러더니 말을 이었다.

“저 청년을 보니… 연왕 전하를 처음 만났을 때가 생각나는군. 그때도 짓궂은 장난을 쳤다가 목이 달아날 뻔했지. 어쩌면 또 한 번 세상에 나가게 될지도 모르겠구나.”

외모는 극히 보잘것없으나 곱사등이 사내는 눈에서 세상 끝까지 관통할 것만 같은 눈빛을 흩뿌리기 시작했다.

“숙부님, 가신 일은 잘 해결이 됐습니까?”

남궁아연과 당산산을 데리고 근처 풍경을 구경하고 있던 팽강이 물었다.

“글쎄…….”

남궁유한은 명확히 답하지 않았다.

그러더니 그들을 재촉했다.

“오늘은 이만 내려갔으면 하네.”

“벌써요?”

남궁아연이 아쉬운 듯 말했다.

“황산 초입의 객잔을 빌릴 것이니 내일 다시 오르도록 하자꾸나.”

팽강도 동의했다.

“황산의 절경을 하루만 구경하고 말 것도 아니니 오늘은 하산하도록 하지요.”

그 말에 남궁아연과 당산산도 동의했다.

그들은 해가 지기 전에 빠른 걸음으로 황산을 내려와 황산 초입에 있는 객잔으로 들어갔다.

이미 남궁유한이 객잔 이층을 통째로 빌린 상태였기에 이

층에는 사람이 없었다.

팽강이 특유의 넉살 좋은 표정을 지으며 남궁유한에게 말했다.

"숙부님, 황산의 온천이 유명하다 합니다. 이 객잔 또한 온천을 끼고 지어졌다 하니 온천욕이나 같이 하시지요."

팽강은 처음 만났을 때부터 남궁유한을 꼬박꼬박 숙부로 칭했다.

남궁유한도 그런 팽강이 밉게 보일 리가 없었다.

"그렇게 하지."

남궁유한과 팽강이 객잔에 딸린 온천으로 향했다.

두 사람이 온천에 들어가기 전에 입고 있던 옷을 훌렁 벗었다.

그러자 두 사람의 알몸이 그대로 드러났다.

그런데 묘하게도 두 사람의 몸 곳곳에 이루 셀 수 없는 흉터가 있는 것이 아닌가?

남궁유한이야 정마대전을 뚫고 살아오느라 그런 것이 당연했으나, 외모만 보면 곱상하게 생긴 미남인 팽강의 몸에 흉터가 저리 많은 것은 잘 이해가 되지 않았다.

"숙부님도 꽤 거친 삶을 살아오신 것 같군요."

몸은 거짓을 말하지 않는다.

백 마디 설명보다 몸 한 번 보는 것으로 남궁유한의 과거를 능히 짐작할 수 있었다.

"자네도 순탄치 않은 삶을 살아온 것 같군."

몸에 난 무수한 흉터로 인해 느껴지는 묘한 동질감.

"팽가는… 먼저 태어났다고 해서 다음 대 가주가 되는 곳은 아니지요. 힘으로 가주의 자격이 있음을 입증해야 했습니다."

"힘으로 자신을 입증한다라… 그거 마음에 드는군."

"하하하! 단목세가 일부에서는 팽가가 형제끼리도 칼부림을 시킨다 해 팽가를 인간백정 가문이라 비난하기도 하지요."

"음지에서 비열한 공작이나 하고 암수를 쓰는 것보다 양지에서 순수한 힘으로 서열을 가리는 편이 내 취향에 맞네."

"그렇습니까? 왠지 숙부님은 저와 마음이 맞는 것 같습니다. 자, 먼저 들어가시지요."

팽강이 남궁유한에게 탕 안에 먼저 들어가기를 청하자 남궁유한이 바로 열기가 치솟는 온천 안으로 들어갔다.

풍덩!

팽강 역시 뒤이어 탕 안에 들어가 몸을 데웠다.

그렇게 한 식경 정도 탕 안에 몸을 담그고 있었을까?

몸에서 적절히 열기도 오르고, 피로한 몸이 나른하게 풀어질 때였다.

게다가 가린 곳 없이 알몸이 된 상태.

팽강이 조심스럽게 속내를 밝혔다.

"오대세가의 평화시대는 끝이 났습니다."

잠깐 동안의 침묵.

"…별 관심 없네."

정작 오대세가의 평화시대가 끝났다고 가장 먼저 선언한 사람이 남궁유한이었다.

그런데 정작 본인은 그것에는 관심이 없다 말하다니…….

"제가 무언가를 잘못 이해한 듯싶군요."

팽강은 남궁유한 역시 억지로 유지되고 있는 오대세가 체제의 붕괴를 원하고 있다 생각했다.

"나에게는 십만마교와의 일이 모든 것이네."

남궁유한이 원하는 바는 십만마교 교주 비천신마의 암살을 막아 정마대전의 발발을 막는 것이었다.

백 년 동안이나 이어질 비참한 정마대전을 막고, 자신의 연인 소소 또한 그 혈사에서 벗어나기만을 바랄 뿐이었다.

십만마교를 상대하기 위해 힘을 키우다 보면 남궁세가는 자연스레 강해질 것이라 여겼다.

"가문의 복수를 위함입니까?"

팽강은 남궁유한이 언급한 십만마교를 두고 그리 생각할 수밖에 없었다.

십 년 전, 남궁세가가 몰락하게 된 남궁지화.

남궁유한이 지금 그 복수를 준비하고 있다 여겼다.

"…그러나 십만마교는 강합니다. 그들이 구파일방은 물론 조정의 눈치까지 보느라 세상에 나서지 못하고 있어서 그렇지, 그들이 등장할 때마다 무림은 피로 물들었습니다."

　고지식한 정파인들이 아무리 부인하려 해도 십만마교의 강함만은 의심할 여지가 없었다.

　오대세가 전체가 연수해도 십만마교를 상대하기에는 벅찬 것이 사실이었다.

　"십만마교는 강하지. 세상에 알려진 것보다 몇 배는 더."

　남궁유한은 너무나 잘 알고 있었다.

　십만마교가 얼마나 강한지를.

　"그러나 십만마교와 나는 운명의 끈으로 연결돼 있다네."

　그 말에 팽강은 고개를 끄덕였다.

　자신 또한 그러지 않을까?

　팽가 남자들이 십만마교에 의해 모조리 죽임을 당하고, 자신의 아버지마저 십만마교에 의해 죽었다면 자신 또한 남궁유한처럼 일평생 십만마교만을 생각했을 것이다.

　'숙부 입장에서 십만마교는 한 하늘을 이고는 살 수 없는 원수일 것이다. 남아로 태어나 살부지수를 잊는다면 금수만도 못한 것이겠지.'

　남궁유한의 말을 아비의 복수를 하겠다는 뜻으로 이해한 팽강은 남궁유한이 남궁천의 아들이라는 것을 조금은 더 확신할 수 있었다.

　"숙부님께서 십만마교를 상대할 때, 이 팽강도 한 손 거들게 해주십시오."

　팽강이 호기롭게 말했다.

“남궁가와 팽가가 손을 잡으면 십만마교를 상대할 수 있다 여기는가?”

“하하하! 그럴 리가 있겠습니까? 조금 더 세를 모아야겠지요.”

“세를 모았다고 치지. 힘이 생기면 자네는 십만마교를 모조리 도륙 낼 생각인가?”

팽강이 거침없이 대답했다.

“단지 가는 길이 다를 뿐, 그들 또한 무림의 한 부분입니다. 그리고 심심하지 않겠습니까? 이쪽을 봐도 정파, 저쪽을 봐도 정파뿐이라면. 적당히 투닥투닥거리고, 간혹 칼질도 해야 서로 발전도 있을 것이지요.”

“그렇게 생각하나?”

“일전에 창룡대와 흑룡대를 보며 느낀 것이 있지요. 좋은 경쟁 상대는 양쪽 모두에게 도움이 된다는 사실을요.”

남궁유한이 넓은 가슴을 가진 팽강을 보며 웃었다.

“남궁세가가 복수를 해야 하는 것은 당연합니다. 그러나 십만마교 교도 전체를 죽일 수도 없을뿐더러, 그래서도 안 된다고 생각합니다.”

남궁유한이 그 소리까지 듣더니 물었다.

“나와 손을 잡겠는가?”

팽강이 답했다.

“원하던 비였습니다.”

“영원한 친구란 없네. 어쩌면 천하제일가를 두고 남궁가와 팽가가 겨루게 될지도 모르네.”

“하하하! 별문제있겠습니까? 남궁가가 천하제일가의 자격이 있다면 팽가는 깨끗이 물러날 것입니다. 하나 영원한 천하제일가가 있겠습니까? 다음 세대에 또 어찌 바뀔지는 아무도 모르는 것이지요. 천하제일가를 꿈꾸는 마음만 있다면 팽가 역시 언젠가는 천하제일가가 될 것입니다. 뜻을 잃지 않는 것, 그것이 중요한 법이지요.”

시원시원한 팽강이 무척 마음에 든 남궁유한이 그에게 손을 내밀었다.

덥석!

팽강은 남궁유한이 내민 손을 잡았다.

“한번 크게 놀아보지요. 우리가 무림에 새바람을 일으키는 것입니다!”

그리고는 가릴 것 없는 알몸으로 서로의 흉금을 터놓은 두 사내가 크게 웃었다.

저녁을 먹고 객잔 후원을 한가로이 산책하고 있던 당산산은 이 낯선 곳의 정취를 즐기고 있었다.

당가의 여식으로 성도 밖 유람을 나올 수 있는 것은 극히 드문 일이었다.

“세상에는 참으로 아름다운 곳이 많구나.”

당산산은 오늘 낮에 보았던 황산의 절경이 뇌리에서 떠나질 않았다.

"천하에는 아름다운 곳이 얼마나 더 많을까? 그것들을 직접 볼 수 있다면 얼마나 좋을까."

당산산은 그러면서 남궁유한을 떠올렸다.

'잘 모르겠어. 그 사람이 어떤 사람인지. 아연 소저에게 대할 때는 세상에 그리 정 많은 이가 없는 것 같다가도 다른 이들을 앞에 두고는 냉기를 풀풀 풍길 때가 더욱 많으니……'

당산산은 그동안 기회가 날 때마다 남궁유한을 유심히 살폈다.

몰락한 남궁세가를 일으켜 세우느라 분주한 사람, 일신에 분명 대단한 무공을 지녔을 사람, 그리고 말 한마디로 무인들의 진심을 얻는 독특한 매력의 소유자.

'그는 분명 뛰어난 사람이다. 그러나……'

당산산은 어쩌면 정략혼으로 맺어질지 모르는 남궁유한을 떠올리며 가볍게 한숨을 내쉬었다.

그런데,

살의.

당산산의 감각에 저릿한 기운이 감지됐다.

'이것은 대체?

그 순간이었다.

유부의 혼령이 울부짖는 듯한 기괴한 소리가 들려왔다.

그 소리만으로도 전신이 얼어붙는 것만 같은 기괴한 소리.

당산산이 간신히 고개를 돌려 그 소리의 출처를 향했다.

쉬익!

칼바람 소리가 들렸다.

당산산이 반사적으로 품에 손을 집어넣었다.

그리고는 무언가를 판단할 사이도 없이 당산산이 손을 휙 뻗었다.

쉬리리릭! 쉬리리릭! 쉬리리릭!

밤하늘을 온통 뒤덮으며 은빛 세침들이 쏘아져 나갔다.

띠디딩! 띠디디딩! 띠디디딩!

그것으로 그치지 않았다.

은빛 세침은 허공에서 금속성을 내며 수백 개의 조각들로 일순간 화했다.

당가 고유의 암기술인 세세폭폭(細細爆爆)이었다.

수십 개의 세침 또한 피하기 힘든 것인데, 그 세침들이 산화하며 수백 조각으로 변하기까지 하니…….

무림의 일류고수라 해도 능히 목숨을 빼앗고도 남을 만한 절기임에 분명했다.

본능적인 거부감이 있어 독술은 익히지 않았으나, 암기술에 있어서만큼은 당가의 오라비들보다 더 출중한 경지에 올라 있는 당산산이었다.

그런 그녀가 펼친 세세폭폭이었으니 절정의 고수라 해도

살아남지 못할 것이 분명했다.

그러나,

쉭!

어둠을 뚫고 날아온 귀기 서린 검이 어느새 당산산의 어깨를 관통하고 말았다.

"읍!"

당산산이 입에서 피를 왈칵 쏟으며 몇 장 밖으로 튕겨져 나갔다.

가전무공을 익혔다 하나 근력은 남자에 비해 많이 달리는 당산산이었기에 어쩔 수가 없었다.

"우읍!"

당산산이 땅바닥에 쓰러져 다시 한 번 피를 왈칵 쏟더니 고개를 들었다.

그러자 어둠 속에서 꼬물거리는 그림자가 점점 선명하게 보이기 시작했다.

한 자루 검을 들고 있는 흉수는 온몸에 진한 귀기를 흩뿌리고 있었다.

게다가 세세폭폭의 절기에 당해 머리에도, 가슴에도, 배에도, 그리고 양팔과 양다리에도 온통 은침을 꽂고 있었다.

온몸에 은침을 꽂고 있는 자.

달빛에 비친 흉수의 모습은 괴기스러움 그 자체였다.

"반탄갑(返彈鉀)인가?"

흉수의 목소리 역시 막 유부에서 기어나온 저승사자의 것처럼 음산하기만 했다.

흉수는 자신의 오른쪽 어깨에 난 검상에서 흐르고 있는 핏물을 뱀처럼 혀로 핥았다.

"반탄갑이 네 목숨을 조금 더 연장했구나."

그 소리에 당산산이 적잖이 놀랐다.

반탄갑은 딸 당산산을 극히 총애하는 당가 가주 당소유가 딸을 걱정해 특별히 준비해 준 것이었다.

반탄갑은 무림십대호신갑(武林十大護身鉀) 중 하나다.

반탄갑에는 특별한 묘용이 있었다.

상대의 공격을 몸에 허용하게 되면 그 공격을 그대로 상대에게 반탄시키는 신비한 기능이.

반탄갑으로 인해 당산산을 공격한 흉수 또한 부상을 입을 수밖에 없었던 것이다.

그것이 흉수로 하여금 재출수를 하는 데 일시적으로 방해가 됐던 것.

"그러나 반탄갑이라 해도 나를 막을 수는 없을 것이다."

흉수가 검을 들었다.

그리고 검을 날렸다.

흉수의 손을 떠난 검은 하늘을 날며 귀곡성을 흩뿌렸다.

그리고 그 검에는 공간이라도 가를 것 같은 거력이 담겨 있었다.

"이, 이기어검술!"

당산산은 크게 놀랐다.

이기어검술이라니……!

암흑 속의 흉수가 초절정의 고수였단 말인가?

그녀는 대항을 포기했다.

그녀의 수준으로 이기어검술을 쓰는 상대에게 대항하는 것은 자살하겠다는 의미였으니.

대신 당산산이 혼신의 힘을 다해 바닥을 박찼다.

그녀는 당가비전의 육족비(六足飛)의 경공을 펼쳐 이기어 검에서 벗어나려 했다.

쉬이익! 쉬익!

그러나 이기어검은 마치 금속을 빨아들이는 자석처럼 그녀의 등을 향해 거세게 날아갔다.

필사적으로 그 검에서 벗어나려 했으나 당산산의 능력으로는 역부족이었다. 당산산은 크게 절망했다.

'아, 틀렸어.'

이기어검이 그녀의 등짝을 막 꿰뚫으려는 순간.

휘이익! 휘이익!

거센 바람이 휘몰아쳐 오는 게 느껴졌다.

그러더니 밤의 어둠보다도 더 진한 묵색의 대도가 거세게 회전하며 당산산의 얼굴을 아슬아슬하게 스쳐 지나갔다.

팅!

금속이 박살나는 것 같은 소리가 들렸다.

푸슉!

밤하늘에 선홍색 불꽃이 튀었다.

쉬이익! 쉬이익!

양 방향으로 바람이 갈라졌다.

그리고는 어느새 흉수가 다시 검을 들고 있었고, 반대쪽에서는 팽강이 묵색의 대도를 가슴에 품고 있었다.

"이기어도라……. 제법이군."

흉수가 특유의 음산한 어조로 말했다.

이기어검과 이기어도의 격돌!

그러나,

주르륵!

이기어도를 펼친 팽강의 입가에 한줄기 핏물이 흘러내렸다.

반면, 흉수는 별다른 타격이 없어 보였다.

같은 이기(以氣)의 경지에 있었으나 무공의 고하만큼은 명백하게 가려진 것이었다.

"역시 팽강인가?"

흉수의 말에 조금은 감탄의 기운이 어려 있었다.

그리고 팽강의 이름조차 정확히 알고 있었다.

"그러나 그 정도로는 간신히 삼류나 면할 뿐이다!"

이기어도의 고수를 일컬어 겨우 삼류나 면할 뿐이라니.

모르는 이가 들었다면 당장에 코웃음을 칠 일이었다.

"너는 오늘… 죽는다!"

흉수가 팽강을 향해 선언했다.

팽강은 겉으로는 평정심을 유지하고 있었으나 심장은 터질 것처럼 빠르게 뛰고 있었다.

'저자가 나보다 위다. 죽을 수도 있다. 그러나 나 팽강, 피하지는 않겠다!'

팽강이 자신의 묵색 대도를 꽉 움켜쥐었다.

휘이익!

흉수의 몸 주변에서 두 자루의 검이 공중으로 떠올랐다.

두 자루 검은 마치 살아 있는 것처럼 움직이며 머리 위로 크게 원을 그리며 거대한 기운을 뿌리기 시작했다.

아니, 그 기운보다도 검에 서려 있는 귀기가 더욱 두렵게만 느껴졌다.

'대체 무슨 검법이 저처럼 섬뜩하단 말인가?'

팽강은 이해할 수 없었다.

천하의 모든 검법을 알고 있다 말할 수는 없어도 천하에서 유명한 검법은 모두 알고 있다고 자부하는 그다.

그러나 그런 팽강 역시 흉수가 쓰고 있는 저 검법을 당최 알아볼 수가 없었다.

팽강은 온 정신을 묵색 대도에 집중했다.

붕붕붕! 붕붕붕붕!

그러자 대도가 절로 허공에 떠오르더니 격렬히 회전하기

시작했다.

"얍!"

팽강이 짧은 기합성과 함께 오른손을 수도 모양으로 만들어 앞으로 쭉 뻗었다.

휙!

그러자 묵색 대도가 커다란 호선을 그리며 하늘을 날았다.

챙!

흉수가 조종하고 있는 두 자루 이기어검 중 하나와 묵색 대도가 또다시 정면으로 충돌했다.

챙! 채챙! 채채챙!

두 자루 이기어검과 팽강의 묵색 대도가 허공에서 격렬하게 싸웠다.

그러나 곧 미세하게 이기어도로 운용되는 팽강의 대도가 밀리기 시작했다.

손으로 이기어도를 펼치는 수어도의 경지에 간신히 들어선 팽강.

이에 반해 눈빛만으로 이기어검을 펼치는 목어검의 경지에 있는 흉수.

그것도 한 자루도 아니고 두 자루씩이나.

이 정도 차이라면 승부는 더 볼 것도 없었다.

그러나 팽강이 필사적으로 맞서고 있었기에 일시적이나마 팽팽한 접전이 됐을 뿐이다.

챙!

한 자루 이기어검이 팽강의 이기어도를 거세게 몰아붙였다.

그사이 다른 한 자루의 이기어검이 팽강의 정수리를 향해 기묘한 곡선을 그리며 날아왔다.

기괴한 귀곡성을 뿌리며 날아오는 이기어검.

피할 곳도 없고 막아낼 재간도 없었다.

'이런 젠장!'

팽강이 그 이기어검을 발견하고는 속으로 절박한 비명을 질렀다. 그러자 불행히도 그것이 팽강의 마음까지 어지럽혔는지 허공에서 저항하고 있던 팽강의 이기어도마저 일시에 흔들리고 말았다.

채앵~!

차가운 금속성을 내더니 팽강의 묵색 대도가 단번에 수십 장 밖으로 날아가고 말았다.

그리고 처음 팽강을 노리고 날아온 이기어검은 이미 팽강의 코앞까지 당도하고 말았다.

'할 수 있는 것은 무엇이든 한다!'

팽강이 두 주먹을 움켜쥐고 권을 발출할 자세를 잡았다.

팽강의 도는 강력했으나, 그의 권은 확실히 도만 못했다.

그러나 이대로 넋 놓고 죽을 팽강이 아니다.

죽을 때 죽더라도 마지막까지 권법이든 퇴법이든 시도해 보고 죽을 생각이었다.

“이야압~!”

팽강이 팽가비전의 추뢰권(鎚雷拳)의 일초를 펼쳤다.

망치로 내려치는 것이 벼락과 같다는 추뢰권답게 그 일권에 담긴 기세는 강맹하기 그지없었다.

쿵!

추뢰권 특유의 뇌성이 울리더니 팽강의 주먹이 검을 때렸다.

팽강이 바보는 아니다.

어찌 피륙으로 이뤄진 주먹이 예리하게 갈린 검신과 정면으로 부딪쳐 멀쩡할 수 있겠는가?

팽강의 주먹은 검신 중 날카롭지 않고 평평한 검배를 노려 친 것이다.

팅!

팽강의 주먹과 검배 부분이 부딪친 검이 완전히 각이 꺾여 하늘로 치솟았다.

팽강이 순간의 기지를 발휘해 첫 이기어검을 간신히 쳐내는 데 성공한 것이다.

‘그러나……’

두 번째 이기어검.

그 이기어검이 이번에는 팽강의 미간을 향해 쏜살같이 쏘아져 오고 있었다.

‘한 번 더.’

팽강이 다시 한 번 추뢰권의 일초를 사용할 준비를 했다.

"흐흐흐! 잔재주가 한 번은 통해도 두 번은 어림없다."

흉수가 음산한 목소리로 소리쳤다.

쉬리리릭! 쉬리리릭! 쉬리리릭!

직선을 그리며 평이하게 날아오던 이기어검이 순간 돌개바람처럼 어지럽게 회오리치기 시작했다.

그 속도가 가히 상상을 초월할 정도.

팽강의 눈으로는 도저히 그 변화를 잡아낼 수가 없었다.

'이런 제길!'

팽강이 순간 당황하며 추뢰권을 사용하려 했던 주먹을 거뒀다.

그리고는,

휙!

팽강이 허리를 뒤로 완전히 젖혀 마치 팽팽한 활시위처럼 몸을 뒤집었다.

거의 머리가 땅에 닿을 정도였다.

이는 무림의 삼류들이나 쓰는 철판교의 수법이었다.

체면과 겉모습을 중시하는 무림고수라면 죽으면 죽었지 쓰지 않는다는 보기 흉한 재주였다.

쉬이익!

팽강이 그런 수치를 감수하고 철판교를 썼음에도 이기어검을 완전히 피해내지 못했다.

이기어검이 팽강의 아랫배부터 목까지 길게 스쳐 가며 기다란 혈선 한 가닥을 남겼다.

"윽!"

비록 겉가죽의 상처였으나 이기어검에 담긴 검기가 팽강의 폐부를 찔러왔다.

팽강은 그 고통을 참아가며 급히 바닥을 굴렀다.

그러나 위기는 끝나지 않았다.

한차례 팽강을 스치고 지나간 이기어검이 공중에서 바로 급선회하더니 다시 팽강을 향해 날아왔다.

더욱이 팽강이 한차례 튕겨냈던 첫 번째 이기어검 또한 다시 팽강을 향해 날아왔다.

앞에서도 뒤에서도 스치기만 해도 폐부가 상하는 이기어검이 날아오는 상황.

'이제는…….'

두 자루 이기어검을 보며 팽강이 하늘을 향해 절규했다.

"으아아악~!"

그러더니 양다리를 벌려 마보 자세로 잡고는 양팔을 수평으로 활짝 펼쳤다.

'이대로 죽느니 잠력대법(潛力大法)이라도 쓰고 죽겠다!'

최후의 순간, 인간의 원기까지 모조리 격발시켜 단 한 번의 공격을 가능하게 만들어준다는 잠력대법.

팽강은 마지막 한 방울의 원기까지 쓰고 싸우다 죽지 않으면 제대로 눈도 못 감을 위인이었다.

"이 자식아! 나는 팽강이다!"

팽강이 다시 한 번 하늘을 향해 일갈을 터뜨리더니 양 주먹을 가슴팍으로 모았다.

그런데 그때였다.

휘리릭! 휘리릭!

두 자루 검이 밤하늘을 단번에 가르며 날아왔다.

펑! 펑!

놀랍게도 두 자루 검은 팽강의 목숨을 취하러 날아오던 흉수의 이기어검을 단번에 제압했다.

아니, 제압한 정도가 아니라 아예 이기어검 두 자루를 폭발시켜 버렸다.

"이것은……."

그 두 자루 검은 바로 군자와 월하였다.

팽강의 뒤편에 어느새 남궁유한이 서 있었다.

터벅터벅!

남궁유한이 팽강 곁으로 걸어왔다.

팽강은 남궁유한의 얼굴을 바라봤다.

언제나 그렇듯 무표정한 얼굴이었으나 얼굴 한구석에 당혹감이 서려 있었다.

당혹감이라니…….

남궁유한에게서는 처음 보는 표정이었다.

그런데 남궁유한이 팽강의 곁을 지나쳐 흉수에게 향하자

이제껏 자신만만하던 흉수가 가늘게 떨기 시작했다.

흉수가 자신도 모르게 중얼거렸다.

"폭풍무적(暴風無敵) 절대투마(絶對鬪魔)……."

그 순간이었다.

휘이익! 휘이익!

지상에 꽂혀 있던 군자와 월하, 두 자루 검이 밤하늘을 향해 수직으로 치솟았다.

흉수가 떨리는 목소리로 조그맣게 중얼거렸다.

"포, 폭풍마검!"

하늘을 향해 수직으로 치솟은 군자와 월하는 어느새 조그만 폭풍으로 변해 있었다.

남궁유한이 흉수에게 전음을 날렸다.

"탈혼검(奪魂劍)이 칠성마류 중 하나라 하나 오대마검의 아래다. 더더욱 설익은 탈혼검은 결코 오대마검의 적수가 아니다!"

십만마교의 오대마검.

태양마검(太陽魔劍), 월광요검(月光妖劍), 폭풍마검(暴風魔劍), 벽력우뢰검(霹靂雨雷劍), 그리고 유성비검(流星悲劍).

─십만마교에 탈마(脫魔)의 신공이 하나 있어 십만대산의 정상에 우뚝 서며, 극마(克魔)의 병(兵) 셋이 십만대산을 지킨다. 그리고 다섯 마검이 있어 마교의 적 백만을 벤다. 또한 칠성으로 빛나는 일곱 별이 천하를 진동시키리라!

마교의 적 백만을 벤다는 다섯 검, 그것이 바로 오대마검이 었다.

그리고 오대마검은 마도시대 철혈투마 류한을 상징하는 검법이기도 했다.

오대마검 중에서도 가장 유명했던 것이 바로 폭풍마검.

폭풍마검은 검 자체를 폭풍처럼 변화시키며 상대의 온몸을 갈가리 찢어버리는 극패의 검법이다.

흉수는 폭풍마검을 보자마자 혼신의 힘을 다해 자신의 검법 탈혼검을 펼쳤다.

'상대는 철혈투마! 마도시대의 절대신화 가운데 한 사람이다. 그러나 나 역시 십삼신마 중 한 분인 혈세신마의 제자. 쉬이 당하지는 않을 것이다.'

흉수의 검에서 세상을 갈가리 찢어발길 듯한 귀곡성이 울려 퍼졌다.

"탈혼검 십이초 탈혼혈천(奪魂血天)!"

흉수가 거대한 기합성을 지르며 품에 숨기고 있던 두 자루 단검을 들어 다시 한 번 이기어검을 구사했다.

"흥! 폭풍대에서 가장 약한 자보다 못한 수준. 이만 죽어라!"

챙! 챙!

남궁유한이 구사한 폭풍마검이 흉수의 단검 검첨을 그대로 꿰뚫었다.

숙! 슈욱!

그러고도 전혀 기세가 줄지 않은 군자와 월하, 두 자루 검이 흉수의 양어깨를 그대로 관통했다.

"윽!"

흉수가 비명을 내지르며 뒤로 벌렁 나자빠졌다.

검기가 담긴 두 자루 검에 관통당한 흉수는 저항 불능의 상태에 빠지고 말았다.

그러나 남궁유한은 무엇이 그리도 급한지 바로 땅을 박차고 뛰어올라 땅에 쓰러진 흉수에게 날아갔다.

탁!

남궁유한은 흉수의 턱 부위를 그대로 후려쳐 흉수의 턱 관절을 마비시켰다.

그것으로도 모자라 급히 음식물을 삼키는 식도 부위를 움켜쥐었다.

"독단을 삼켜 편히 죽을 생각은 꿈에도 하지 마라!"

찰싹! 찰싹!

남궁유한은 흉수의 양 볼을 때리며 그가 독단을 이미 삼켰는지를 확인했다.

안면 근육이 경직되지 않은 것으로 볼 때, 독단을 삼키기 전임을 확신할 수 있었다.

"알아서 불겠느냐, 고통을 못 이겨 토설하게 만들기를 원하느냐?"

남궁유한이 짧게 물었다.

흉수는 절망한 표정으로 말했다.

"불겠소."

아무리 의지가 강한 자라도 마도시대 일백팔 종류의 고문법을 견뎌낼 자는 없다.

그래서 상대에게 포로로 잡히면 깨끗이 불고, 아니면 편히 죽게 해달라고 청하는 것이 마도시대의 관행이었다.

유한도 마도시대의 마교인, 흉수 역시 마도시대의 마교인.

구차하게 얘기할 이유가 전혀 없었다.

"너는 누구냐?"

"혈세신마의 다섯째 제자 현호열이오."

"네가 어찌 이곳에 있는 것이냐?"

단번에 알아볼 수 있었다.

인간의 산 영혼을 빨아들여 그 영력으로 운용하는 탈혼검은 정마대전 말기에 혈세신마가 창안해 낸 것.

이 시대에는 탈혼검을 쓸 수 있는 이가 존재할 수가 없었던 것이다.

"투마가 그렇게 떠난 후, 교주께서 장백문에 명해 천부경의 주술을 내어놓으라 명했소. 장백문은 교주의 위협에 굴복해 천부경의 주술을 교주에게 바쳤소."

유한이 교주에게 죽임을 당하려는 순간, 십삼신마 중 하나인 장백신마가 천부경의 주술로 자신을 이 시대로 보냈다.

　교주는 자신을 찾기 위해 장백신마의 출신 문파인 장백문에 천부경의 주술을 바치라 했고, 장백문의 주술사들로 하여금 주술의 문을 열게 했다.

　그 문을 타고 마도시대의 마인들이 넘어오고 있다는 것이다.

　충격적인 사실이었다.

　그럴 수 있으리라고는 꿈에도 상상해 본 적이 없었다.

　"대체 몇이나 넘어온 것이냐?"

　"실패가 많았다 들었소. 하나 내 사부인 혈세신마와 세 사형은 성공적으로 넘어왔소. 그리고 대략 십여 명 정도의 혈수라도……."

　남궁유한은 또 한 번 커다란 충격을 받았다.

　마도시대의 마인들이 이미 자신과 같은 시대에 넘어와 있다니…….

　더군다나 폭풍대주였던 자신을 언제나 죽이려 들었던 혈세신마라니…….

　"혈세신마의 목적은 무엇이냐?"

　"당연히… 투마를 잡기 위함이오. 교주는 다른 모든 일을 제쳐 두고 투마를 죽이라 명했소. 투마가 십만마교의 천년대계를 뿌리째 흔들 수 있다면서."

　"너희들은 지금까지 무슨 일을 했느냐?"

　"제갈세가와 단목세가에 서서히 침투하고 있었소."

　"왜 그 두 세가냐?"

남궁유한은 그 이유를 이해할 수 없었다.

"사부께서 다른 뜻을 품고 계시오."

"다른 뜻?"

"사부께서 교주보다 먼저 이 시대에서 마도시대를 열 생각이오."

남궁유한은 세 번째로 충격을 받았다.

마도시대!

지금은 그 누구도 넘을 수 없는 벽인 고금제일신마 교주가 존재하지 않는 시대다.

교주가 없는 지금이라면 마도시대의 신무학을 가진 혈세신마가 교주보다 먼저 마도시대를 열 능력이 충분하다고 봐야 했다.

혈세신마는 자신과는 달리 온전한 몸으로 주술의 문을 넘지 않았던가?

그러니 그것은 단지 시간문제일 뿐이었다.

"천하의 이권이 집중된 곳은 무림세가. 그 이권을 기반으로 세를 구축할 생각이오. 그래서 제갈세가와 단목세가를 선택한 것이오."

"그런데 왜 우리를 노린 것이냐?"

그 물음에 혈세신마의 다섯째 제자 현호열이 쓴웃음을 지었다.

"투마가 이곳에 있는 것을 알았다면 사부께서 직접 오셨을 것이오. 나는 팽강과 당산산을 죽이기 위해 온 것이었소.”

팽가의 대공자 팽강을 죽이고, 당가의 금지옥엽 당산산을
죽인다…….

그런데 그들과 동행했던 남궁가의 소가주와 소공녀만 살
아남는다면?

당연히 가장 먼저 남궁세가가 의심을 사게 된다.

그를 통해 오대세가 사이에 큰 분란을 일으켜 세가들 사이
에 불화를 조장한다.

그 분란을 기화로 혈세신마의 세력들이 오대세가를 통째
로 집어삼킬 생각인 것이다.

그리고 궁극적으로는 당대의 십만마교를 접수할 계획이라
했다.

“투마도 알지 않소? 제아무리 신무학으로 무장한 우리라
해도 몇 명으로는 당대의 십만마교를 무력으로 무릎 꿇릴 수
는 없다는 것을. 그러니 세력이 필요할 수밖에.”

십만마교에는 이미 신무학이 존재하고 있었다. 표면으로
드러나지 않았을 뿐이다.

남궁유한은 현호열에게 더 많은 것을 묻고 싶었다.

그런데 남궁유한은 상체에서 여전히 피를 흘리고 있는 팽
강이 힘겹게 근처로 다가오고 있는 것을 눈치 챘다.

남궁유한이 아쉬움 섞인 목소리로 말했다.

“뜻은 다르나 우리는 같은 마인. 편히 죽게 해주겠다.”

알고 있는 것의 상당수를 토설한 현호열이 그때서야 편안한 표정을 지었다.

"고맙소, 투마."

남궁유한의 손이 잠시 하늘로 들려지더니 곧바로 현호열의 심장을 찔렀다.

"자, 잠깐!"

그 광경을 본 팽강이 급히 소리쳤으나 이미 남궁유한의 손이 현호열의 심장을 관통하고 난 이후였다.

"아, 이런! 저자에게 물어볼 것이 있었는데……. 그런데 저, 저자는……."

암습의 배후를 묻고자 온 팽강이었다.

아쉽게도 남궁유한이 단숨에 흉수의 숨통을 끊어놓자 아쉬움을 토로하려 했다.

그런데 팽강은 흉수의 얼굴을 명확히 보게 되자 소스라치게 놀랐다.

"내가 저자의 목을 베었는데… 분명 베었는데……."

팽강은 흉수의 얼굴을 이미 알고 있었다.

합비 인근에서 요부와 마동이 자신을 암습하기 전 바람잡이 노릇을 했던 별 볼일 없는 자였다.

몇 번을 다시 봐도 분명 자신이 목과 몸통을 분리시켜 죽인 자.

세상에 닮은 이가 많다 하나 이처럼 똑같이 생긴 자가 있을 수 있나?

혹 자신이 죽인 자의 쌍둥이라도 되는 것인가?

아니, 아니었다.

분명 그자였다.

팽강이 충격을 받아 한동안 말문을 열지 못하는 사이, 남궁유한이 죽은 현호열의 시체에 불을 질렀다.

"이자들은 역천의 사공(邪功)을 익힌 자들. 순수한 열양공으로 시체를 완전히 녹이거나, 잿더미가 될 때까지 불태우지 않으면 몇 번이고 되살아난다."

남궁유한의 그 말에 팽강은 정신이 번쩍 들었다.

"이자들을 아십니까?"

"알지. 너무나 잘 알지."

남궁유한이 말꼬리를 흐렸다.

第六章 철대선생

無敵世家

그날 저녁 바로 남궁세가에 급히 연통을 날려 팽가의 광풍삼십육도객을 불렀다.

중상을 입은 당산산과 적지 않은 내상을 입은 팽강을 안전하게 남궁세가 창천장원까지 호송하기 위함이었다.

남궁세가의 무인들을 부르려 했으나 팽강이 광풍삼십육도객이 그동안 편히 지냈으니 그들을 부르자 강력히 청했다.

"숙부님, 황산에서의 일이 끝나면 모든 의문을 풀어주셔야 할 것입니다."

처음에는 간단한 내상인 줄 알았으나 기이하게도 하루가 지나자 몸도 제내로 일으키지 못할 정도의 심각한 내상으로 발전한 상태인 팽강이었다.

팽강은 몸이 좋지 않음에도 온갖 의문으로 인해 머릿속이 복잡하기만 했다.

"내 황산에서의 일을 마치고 세가로 돌아가면 아는 데까지 얘기해 주겠네."

"알겠습니다."

팽강이 편안한 마차에 실려 곧 창천장원으로 출발했다.

황산에서는 제대로 된 치료를 받기 힘들었다.

큰 도시인 합비 정도는 가야 쓸 만한 의원의 치료를 받을 수 있을 터였다.

"소가주님, 목숨을 구해주신 점 정말 감사드려요."

어깨 한쪽이 너덜너덜해진 것을 간신히 응급처치만 해놓은 당산산이 핏기 없는 얼굴로 말했다.

"그 감사는 팽 공자에게 해야 할 것이오."

일차적으로 당산산의 목숨을 구한 것은 팽강이었으니 그 말도 일견 옳았다.

"이미 팽 공자에게는 감사의 뜻을 표했어요. 그리고 결국 제 목숨을 구해주신 것은 소가주님이시니……."

당산산은 그렇게 몇 번이나 감사의 뜻을 밝히더니 남궁세가로 출발했다.

"아연아, 일이 이렇게 돼 황산 유람을 끝마치지 못하게 됐구나. 나중에 기회가 되면 다시 오도록 하자꾸나."

"아니어요, 오라버니. 혹시 모르니 몸조심하시어요. 그리고 일이 끝나면 바로 세가로 오시구요."

"알았다. 그러니 걱정 말고 너도 출발하거라."

남궁유한은 아연이 시야에서 사라질 때까지 배웅했다.

그러며 생각했다.

'내가 천부경의 주술로 이 시대로 넘어왔기에 혈세신마 또한 넘게 된 것은 아닌가? 나로 인해 이 시대가 혼란에 빠져드는 것은 아닌지……'

남궁유한은 그런 생각을 하며 다시 탕구로 출발했다.

혈세신마가 이 시대에 살고 있는 것을 알게 된 이상, 마음이 급해질 수밖에 없었다.

철대선생이란 자가 최소한의 조건만 충족된다면 그를 세가의 총사로 쓸 생각이었다.

"오셨는가?"

탕구의 초옥에서 신선 같은 풍모의 남자가 남궁유한을 맞이했다.

그는 마치 남궁유한이 올 시각을 정확히 알고 있기라도 한 듯 남궁유한이 초옥에 들어서려는 순간 그를 맞으러 나왔다.

"내가 올 것을 알았소?"

그 남자가 고개를 끄덕였다.

"선생께서 그대가 올 것이니 마중 나가라 하셨소."

"어찌 알았는지 물어도 되겠소?"

그러자 남자가 잠시 주저하더니 말했다.

"…찍었다 말씀하셨소."

"훗!"

남궁유한이 실소를 금치 못했다.

말은 그렇게 했어도 철대선생이란 자는 자신이 올 것을 미리 알고 있었을 것이다.

어찌 알았는지는 중요한 문제가 아니다.

"철대선생을 만나야겠소."

"그러시지요. 선생께서 기다리고 계십니다."

남자는 손에 들고 있는 백옥선을 부드럽게 흔들며 남궁유한을 초옥 뒤편으로 안내했다.

초옥 뒤편에는 벌레가 온통 잎을 갉아먹고, 성장 상태도 극히 불량한 채소밭이 있었다.

군데군데 고약한 퇴비 냄새가 진동했고, 채소를 기르는 물통과 농기구들이 제멋대로 흩어져 있었다.

그리고 그 중간에 곱사등이인 철대선생이 서 있었다.

철대선생은 남궁유한을 보더니 묘한 미소를 지었다.

"오셨는가?"

남궁유한은 미소 짓는 철대선생을 바라봤다.

"그대의 이름이 무엇인가?"

"남궁유한이오."

그러자 철대선생이 크게 웃었다.

"하하하! 이름이란 본디 사람과 사람을 간편히 구분하기 위한 것이지. 나는 철 아무개고, 자네는 남궁 아무개라는 것인가?"

철대선생의 눈이 심연을 꿰뚫고 있는 것만 같았다.

남궁유한의 폐부를 모조리 훑어보고 있는 듯한 착각마저 들었다.

'뭔가……'

"사실 이름이란 아무런 의미가 없지. 자네를 남궁유한이라 부르든 다른 이름으로 부르든 무슨 의미가 있을까. 하나 남궁씨도 아닌 자네가 남궁세가 소가주란 탈을 뒤집어쓰고 무엇을 하려는 것인지가 궁금할 뿐이네."

씰룩!

남궁유한의 안면 근육이 꿈틀거렸다.

"다른 이들도 그리 말하오. 남궁세가 소가주는 가짜다, 그는 남궁가의 핏줄이 아니라고 말이오. 그러나 세가 사람들은 모두 믿고 있소."

"허허! 모두가 믿는 것은 아니지. 최소한 한 사람만은 믿고 있지 않으니."

"한 사람?"

남궁유한이 크게 의문스러운 표정으로 반문했다.

"남궁친 가주의 아들은 자네의 소문을 듣고 코웃음을 치고 있겠지."

쿵!

남궁유한은 순간 말문이 막혔다.

생각해 보지 못한 문제였다.

분명 조량 총사가 남궁천과 하남성 낙양의 처녀 사이에 태어난 아들을 보았다고 했다.

'그가 살아 있었는가? 살아 있다면 분명 남궁세가와 나의 소문을 듣고 있을 터.'

진짜 아들이 나타나게 되면 모든 것이 허사가 되고 만다.

자신이 아무리 남궁세가를 위해 많은 일들을 하더라도 세상이 자신을 인정하지 않게 된다.

더욱이 자신을 거짓 소가주로 내세운 남궁세가 역시 세상의 웃음거리가 되고 말 것이다.

"표정을 보아하니 무척 당황한 표정이로구먼. 예상치 못했는가?"

"……."

"우연히 그 아이를 만난 적이 있지."

그 소리에 남궁유한의 주위에서 살기가 치솟았다.

그 기운을 느꼈는지 철대선생이 웃었다.

"왜? 이 곱사등이의 입이라도 막으려 하는가, 아니면 남궁세가의 자식을 죽이려 하는가?"

남궁유한이 미간을 찌푸렸다.

그리고는 한숨을 내쉬었다.

"휴우~!"

그러더니 돌연 웃기 시작했다.

"하하하!"

그러자 이번에는 철대선생이 의아한 표정을 지었다.

"하하하! 재미있는 얘기 잘 들었소. 그런데 말이오, 나는 당신을 우연히 만난 적이 없소이다."

철대선생이 그 말의 의미를 단박에 알아챘다.

"그러니까 자네가 진짜 남궁천의 아들이며, 내가 남궁천의 아들을 우연히 만났다는 말은 거짓이라?"

남궁유한이 자신만만하게 웃었다.

"군사들의 세 치 혀가 없는 사실도 있는 것처럼 만든다 들었소. 직접 경험하고 보니 그 말이 틀림이 없는 것 같소."

일견 조롱하는 말처럼 들리는 남궁유한의 말을 듣더니 철대선생이 의외로 흐뭇한 표정을 지었다.

"좋소, 좋소! 천하를 도모하는 자, 천하를 속일 줄도 알아야 하는 법. 또한 의외의 일격을 당해도 태연히 넘어갈 수 있는 배포가 있어야 하겠지."

철대선생은 조카 건문제를 죽이고 황위에 오르기 전의 연왕을 떠올렸다.

'연왕 전하는 천하를 속였다. 그리고 연왕 전하를 죽이려는 그 어떤 시도에도 눈썹 하나 까딱하지 않았지. 남궁유한,

배포만은 연왕 전하 못지않구나.'

철대선생이 남궁유한에게 물었다.

"그대는 스스로를 증거할 수 있나? 그대가 천하를 도모할 만한 자라는 것을."

"하하하! 나도 묻겠소. 그대가 나를 보좌할 수 있음을 증거할 수 있소?"

남궁유한은 그 누구에게도 허리를 굽히고 싶은 생각이 없었다.

철대선생이 필요하기는 하나 구걸하듯 그를 데려갈 생각은 전혀 없었다.

"증거하라……. 허허! 어찌 그분과 이리도 똑같을까."

철대선생은 묘한 표정을 지으며 남궁유한의 얼굴에서 연왕의 모습을 떠올렸다.

'천하를 호령할 자들은 필연적으로 닮기 마련이던가? 극과 극은 서로 통한다 하더니…….'

철대선생이 그리 생각하더니 물었다.

"어찌 증거하면 되겠나?"

남궁유한이 말했다.

"그대는 천하에 모르는 것이 없어 물을 즐긴다 들었소."

"지자요수(知者樂水)라……. 내 얼굴에 금칠을 하는 것 같아 꺼려지나 물을 좋아하는 것은 맞소."

"그렇다면 내 물음에 답을 해주는 것으로 그대를 믿어볼까 하오."

"허허! 이리 난감할 데가……. 무엇을 물을지도 모르는데 무작정 답해달라? 공자님도 모르는 문자가 있을 것이고, 부처님도 모르는 설법이 있을 것인데."

짐짓 난처한 표정을 짓는 철대선생을 보며 남궁유한이 미소를 지었다.

"한번 해보시겠소?"

"그대의 속곳이 무슨 색인지, 그대가 마음에 품고 있는 여인이 누구인지를 묻는다면 참으로 난감할 것이네."

아무리 만사무불통지라 해도 그런 사적인 것까지 알고 있을 리 없었다.

"그런 질문이 아니오. 한 문파에 관한 것이오."

"문파? 허허! 그럼 한번 해보구려. 내 알고 있다면 답해볼 것이니."

남궁유한이 철대선생에게 물었다.

"하늘 아래 어딘가에 장백문이라는 곳이 있다 들었소."

남궁유한은 철대선생이 소문처럼 대단한 지자라면 장백문에 대해서도 알고 있으리라 여겼다.

장백문(長白門). 마도시대 십삼신마 중 하나이자 가장 신비로운 인물이었던 장백신마의 사문이라 들었다.

장백신마가 천부경의 주술로 자신을 이 시대로 보냈으며, 그의 주술의 모태가 되는 장백문의 주술로 마도시대의 무인들을 이 시대로 보내고 있었다.

정마대전의 발발을 막는 것도 중하나 장백문에 대해 알아내 더 이상 주술의 문이 열리지 못하도록 막는 것 또한 그에 못지않게 중한 일이었다.

그런데,

"장백문이라……. 세상에 그런 문파는 없네."

철대선생은 장백문의 존재조차 부인했다.

"장백문은 존재하오. 두 개의 천 년 전에도 존재했다 알고 있소. 그대는 장백문에 대해 모르기에 존재하지 않는다 말할 뿐이오."

분명 그랬다.

남궁유한은 장백문이 엄연히 존재함을 알고 있는 사람이었다.

'허명만 가진 인물이었던가? 고작 세 치 혀를 놀려 천하의 지자 소리를 들었던?'

철대선생이 장백문이 없다 말하자 크게 실망했다.

"곰곰이 되짚어봐도 장백문이라는 문파는 분명 없네."

"그대는 또 한 번 틀렸소. 장백문은 존재하오. 천부경의 주술을 가진 신비문파가."

"장백문은 없다 해도 이러시는군."

그러자 남궁유한이 세 번째로 강조했다.

"모르는 것을 없다 하며 부정하지 마시오. 장백문은… 분명 존재하오!"

남궁유한이 이번에는 짜증 섞인 말투로 소리쳤다.

그러며 남궁유한이 막 등을 돌리려 할 때였다.

"장백문은 없네. 하나 천하의 영산 백두에 자리한 백두문(白頭門)이라는 곳은 존재하지. 백두문에 풍백과 우사, 운사가 있다 들었어. 풍백은 천부십검(天符十劍)을 익혀 세상의 만 자루 검 위에 우뚝 선다 했고, 우사는 천하의 물을 다스려 만인의 어머니가 된다 했지. 그리고 운사는 호풍환우(呼風喚雨)의 술법을 부린다 했던가? 운사는 천부경의 주술로 심지어는 주술의 문까지 자유로이 연다고 들었지."

크게 실망해 막 떠나려던 남궁유한이 그 소리에 소스라치게 놀랐다.

"운사가 호풍환우의 술법을 부려 주술의 문까지 연다 했소?"

"나 역시 먼지 쌓인 고서의 한 귀퉁이에서 보았을 따름이네. 실상 너무나 믿기 힘든 얘기라 나 역시 믿지 않으나, 그대가 물으니 대답해 주는 것뿐이고."

철대선생의 별호 중 하나가 머리에 만 권의 책을 담고 있다해 만권서생(萬券書生)이었다.

세상에 그가 모르는 책은 없으며, 책 속에 담긴 내용 중 그가 모르는 내용은 없다 했다.

"장백문, 아니, 백두문이 어디 있는지도 아시오?"

"나는 모르네. 하나 찾고자 하면 못 찾을 것도 아니지. 세

상에 존재하는 것 중 영원히 존재를 감출 수 있는 곳은 없으
니. 수만 권의 책을 뒤적이다 보면 분명 단서를 얻을 수 있을
것이네.”

철대선생을 보는 남궁유한의 눈이 번뜩였다.

‘이자… 다른 이유는 필요없다. 백두문을 알고 있는 것 하
나만으로도 무조건 거두어야 할 자다.’

그런 생각을 하게 된 남궁유한이 직설적으로 말했다.

“그대를 얻으려면 나는 무엇을 주어야 하오?”

빙 돌려 말하지 않고 심중을 밝히자 철대선생이 껄껄 웃었다.

“그대는 산을 좋아하나?”

논어에 인자요산(仁者樂山) 지자요수(智者樂水)라 했다.

이 물음의 의미는 바로 그대는 덕이 있는 자인가 하는 것.

“훙! 산을 좋아한다 하여 인자로 불린다? 그럼 내가 좋아할
만한 산을 먼저 내 앞에 갖다 놓으시오. 그런 산이 있다면 내
미친 듯이 사랑해 줄 것이니.”

“껄껄껄! 맹자 왈, 힘으로 인자를 가장하는 것을 패(覇)라고
하며, 덕으로 인을 행하는 것을 왕(王)이라 한다 했네.”

“그런 것은 모르오. 하지만 힘이 없는 자는 자유를 논할 수
조차 없소. 자유로이 살기 위해 힘을 원할 뿐, 힘이 목적 그
자체가 될 수는 없소.”

“힘은 그저 수단일 뿐이며 자유를 위해 힘을 원한다
라……. 어쩜 이리 똑같을까. 정말 똑같아. 내가 십 년 전으로

돌아가기라도 한 것인가?'

십 년 전에도 간절히 원하는 것이 있으며, 그것을 위해 힘을 원하는 한 사내가 있었다.

그리고 그는 수십, 수백만의 피로 천하를 붉게 물들이면서 그가 원하는 바를 기필코 쟁취했다.

'또다시 운명의 수레바퀴가 돌기 시작하려는가.'

그러나 마지막 시험이 남아 있었다.

"적벽대전을 앞두고 주유와 제갈공명은 서로 심중에 두고 있는 계략을 손바닥에 써 동시에 펼쳐 보였다 하네."

남궁유한은 철대선생의 말에 고개를 끄덕였다.

"내 물음에 흡족한 답을 내놓는다면 나는 그대를 따를 것이네. 내가 가진 전부로 그대를 강호의 왕으로 만들어주겠네."

남궁유한이 웃었다.

"강호의 왕 따위, 무림일통 따위 필요없소. 원하지도 않고. 단지… 그대가 세가에서 총관 노릇이나 해줬으면 하오."

"헐헐헐! 밥그릇 수나 세고 종복들이나 잘 부리면 된다? 좋네. 그대가 좋은 답을 낸다면 기꺼이 남궁세가의 총관 일을 하지."

그러더니 철대선생이 말했다.

"길게 써봐야 무엇 하겠나? 심중에 품고 있는 뜻을 말하는데 한 글자면 족할 것이네."

남궁유한이 고개를 끄덕였다.

"그대가 원하는 바는 남궁세가가 천하에 우뚝 서는 것. 하나 천하에는 천자가 있으며 안휘성 북쪽으로는 제갈과 단목세가가, 그 위로는 하북팽가가 버티고 있네. 그러니 북으로 뻗을 수는 없는 노릇이지. 또한 합비 아래로는 장강의 물길이 막고 있으니 남으로도 세력을 뻗기가 쉬운 일이 아니고."

남궁세가는 지리적으로 북으로도 남으로도 뻗을 수 있는 요지에 자리하고 있었다.

그러나 이를 반대로 생각하면 황제와 다른 세가들이 북으로 가는 길을 막고 있었고, 남으로는 장강이라는 천혜의 장애물이 자리하고 있었다.

"남궁세가가 힘으로 그 장애물들을 누르려면 천하의 그 어떤 인물이라고 해도 족히 한 세대 이상은 걸릴 것이지."

남궁유한이 단호하게 답했다.

"…그럴 시간 없소."

"그럼, 북으로도 남으로도 막혀 있는 형국에 처한 남궁세가가 빠른 시일 내에 천하에 우뚝 서려면 어찌해야 하겠나? 그것이 내 질문이네."

질문을 던진 철대선생은 흥미로운 눈으로 남궁유한을 바라봤다.

남궁세가의 천하대계를 위한 방책을 한 글자로 표현하라는 질문. 결코 쉬운 문제가 아닐 것이다.

그러나 남궁유한은 전혀 주저하지 않았다.

쉬익!

남궁유한이 소맷자락을 한 번 펄럭였다.

파파팟! 파파팟!

그러자 채소밭의 썩은 채소 몇 개가 허공으로 떠올랐다.

그 채소들은 서서히 순서를 갖추기 시작하더니 곧 하나의 글자를 형상화하고 있었다.

그리고 곧 한 글자가 완벽하게 만들어졌다.

철대선생이 허공에 만들어진 그 글자를 보더니 짧은 탄성을 내질렀다.

"아!"

철대선생은 웃었다.

그리고는 말했다.

"남궁세가의 총관 자리, 받아들이겠네."

철대선생이 남궁유한을 향해 가볍게 읍을 했다.

읍을 하고 있는 철대선생의 뒤편으로 한 글자가 그려져 있었다.

수(水)!

바로 이 한 글자가 철대선생이 바란 정확한 답이었다.

"선생, 정녕 남궁세가로 가시려 합니까?"

신선 같은 풍모를 가진 사내가 철대선생에게 물었다.

"그럴 생각이네. 자네는 내키지 않는다면 오지 않아도 좋네."

사내가 심히 난처한 기색을 보이기 시작했다.

"다른 곳은 몰라도 남궁세가만은 불편합니다. 재고의 여지는 없는 것입니까?"

철대선생이 웃었다.

"자네의 처지를 알기에 내 자네에게 적극 권하지 않는 것이네. 하나 자네는 언제까지 남궁세가를 피할 생각인가? 언젠가 한 번은 가봐야 하지 않겠는가?"

"그렇긴 합니다만……."

사내가 말끝을 흐렸다.

"나는 참으로 놀랐다네. 세상 천지에 나와 같은 생각을 하고 있는 이가 또 있을 줄은."

철대선생이 남궁유한을 떠올리며 감탄하자 사내가 물었다.

"수(水)의 의미는 대체 무엇입니까?"

철대선생이 답했다.

"수란 바로 길이네."

"길 말입니까?"

"길이지. 그 길은 장강의 길일 수도 있으나, 궁극적으로 바다의 길을 뜻함이라네."

장강도 대해도 모두 결국에는 수(水).

"그럼 물길을 의미하는 것입니까?"

"그렇게 볼 수도 있겠네. 나는 예전부터 한 가지를 꿈꿔왔다네. 중원의 해안을 연결해 고속으로 움직일 수 있는 길을 연결하겠다는 꿈을."

천하의 근본은 길이다.

성군이 통치하는 시대에는 천하의 길이 사방으로 뻗어 있으며, 그 길은 안전하기 그지없다.

반대로 폭군의 시대에는 이미 있던 길도 막히며, 길에는 온갖 위험이 도사리게 된다.

육지의 길이 군주에 의해 좌우된다면 바다의 길은 군주와는 상관이 없다.

제아무리 광대한 권력을 지닌 군주라 해도 땅은 지배할 수 있다. 그러나 엄청난 크기의 대해를 모두 지배하는 것은 불가능하다.

군주 한 개인이나 왕조의 흥망성쇠와는 상관없이 천하를 잇는 길은 오직 바다의 길 외에는 없었다.

또한 바다의 길은 끝없이 이어져 있으며 한없이 자유로운 길이다.

영원히 자유로운 길이 있다면 오직 바다의 길일 것이다.

"그럼 대항해라도 꿈꾸시는 것입니까?"

"그것은 아니네. 바다의 길이라 하나 그것은 어디까지나 중원천하를 잇는 길이네. 이 길은 해안을 따라 조그만 항구들을 연결하는 길이네."

천하를 일컬어 십만팔천 리 세상이라 한다.

그러나 바다의 길은 물경 사십만 리에 달하는 어마어마한 길.

'사십만 리의 길을 잇는 자, 나는 그런 이를 여태 기다려 왔지.'

당대 황제인 영락제와 길이 갈린 것도 이 문제 때문이었다.

철대선생은 이 길을 잇기를 원했다.

그러나 이미 십만팔천 리 땅을 지배하는 황제가 된 영락제는 거기서 만족해 버렸다.

땅이 필요하다면 장성을 넘어 오랑캐의 땅을 점령하면 될 일이지, 굳이 바다의 길을 개척할 필요는 없다는 것이 그 이유였다.

"사십만 리 길을 잇겠다 한 남궁세가 소가주, 아니, 유한이라는 사내를 믿어볼까 하네. 나는 그에게서 황제가 되기 전 패기 넘치던 시절의 연왕 전하를 보았다네."

웅대한 포부였다.

사십만 리 길을 잇겠다는 것은.

그런 포부를 가진 사내를 그 누가 거절할 수 있겠는가?

"자네도 함께하겠는가? 남궁세가는 어찌 보면 자네의 가문이기도 할 것인데……."

사내는 그 말에 크게 고민했다.

"아비란 자가 어머니를 버렸을 때 저는 이미 남궁이란 성을 버린 사람입니다."

사내, 어릴 때에는 남궁서윤이라 불렸던 사내는 철대선생을 따라가야 할지 말아야 할지를 놓고 심각하게 고민하기 시작했다.

"마음을 이미 정했는데 뜸을 들일 필요 있겠는가? 내려들가세."

곱사등이 철대선생이 초옥을 나오며 길을 재촉했다.

철대선생 뒤편에는 남궁서윤, 아니, 이제는 서윤이라고만 불리는 사내와 턱에 염소수염을 기른 중년 사내가 뒤따랐다.

"이쪽은 서윤이라는 사람이고, 저쪽은 황량이라는 사람이네."

철대선생이 자신과 함께 생활하던 두 사람을 남궁유한에게 소개했다.

"남궁유한이오."

남궁유한의 소개에 남궁서윤, 서윤이라고만 불리는 사내가 잠시 미간을 꿈틀거렸다.

어찌 보면 자신을 사칭하고 있는 이를 눈앞에서 보고 있는 것이니 서윤의 심사가 불편할 수밖에 없었다.

"서윤 이 친구는 강소성 모산에 자리한 모산파(茅山派)에서 공부를 했다네."

모산파에서 수련했다는 말에 남궁유한이 흥미로운 표정을 지었다.

"모산파? 혹 골(骨)에 대해 아시오?"

'골'이라는 말에 서윤이 크게 놀라는 표정을 지었다.

그것은 철대선생 역시 마찬가지였다.

"골을… 아시오?"

서윤의 물음에 남궁유한이 고개를 끄덕였다.

실제로 본 적도 있고, 골의 장단점에 대해 잘 알고 있었다.

그러나 골이 세상에 등장하는 것은 앞으로도 수십 년이나 지난 후.

알고 있는 전부를 밝힐 수는 없는 노릇이었다.

"모산파에 신비한 물건이 있어 그것을 골이라 한다는 정도의 얘기를 들었소."

서윤은 고개를 갸웃거렸다.

모산파가 주술로 유명한 문파로 세상에 알려졌으나, 모산파에 골이 있다는 것은 비밀 중의 비밀.

그것을 어중이떠중이가 들을 수 있을 리 만무했다.

'대체 이자의 정체는 무엇인가?'

서윤이 고민하고 있을 때, 철대선생이 염소수염의 중년 사내를 소개했다.

"이 친구는 황량이라는 상인이라네. 돈 버는 것이 지겹다 해 이제는 돈을 쓰는 것에 맛을 들여볼 생각이라는 터무니없는 상인이지."

염소수염사내가 굽실거리며 말했다.

“오 년 내에 은자 일천만 냥을 써볼 생각이외다.”

남궁유한이 실소를 지었다.

“은자를 쓰려면 일단 은자를 벌어야 하지 않겠소?”

“지극히 당연한 말씀. 그래서 이참에 남궁세가의 창고 돈을 모조리 써볼 생각이외다. 하하하!”

“복삼이 들으면 멱살잡이라도 할 만한 말이로군.”

“복삼이라……. 혹 그 녀석, 하오문의 잡놈 아니오?”

그러며 복삼의 외모에 대해 자세히 묘사를 하자 남궁유한이 고개를 끄덕이며 물었다.

“복삼을 아시오?”

“알다마다요. 코 찔찔 흘리고 다니며 온갖 일을 벌이고 다니던 시절에 내게 신세를 진 녀석이라오.”

흥미로운 얘기였다.

“황량은 대상인이었지. 하나 돈 쓰는 것에 맛을 들인 이후 수십만의 아이들에게 가진 재산 전부를 썼다네. 그 아이들이 이제는 다 청년이 되었겠구먼.”

철대선생이 그리 말했다.

그러자 황량이 맞장구를 치듯 말했다.

“은자를 움켜쥐고 있어봐야 그것은 겨우 빛이 나는 금속 쪼가리에 불과할 뿐, 제대로 써야 그 진정한 가치가 드러나는 법이지요.”

“수십만의 아이들에게 은자를 썼다라… 그리고 그 아이들이 이제 청년이 되었다라……."

정확한 사정까지는 모르나 어린 시절 이 황량이라는 사내에게 신세를 입은 아이들이 천하에 수십만은 있다는 얘기가 아닌가?

부유해진 후의 은자 백 냥보다 어린 시절 힘들었을 때 받은 철전 한 문이 더 소중하고 잊을 수 없는 법이 아니던가?

그렇다면 이 황량이라는 사내는 수십만의 사내들에게 잊을 수 없는 은혜를 베푼 셈이다.

그 사내들 중 십분지 일만 은혜를 갚는다고 황량이라는 사내를 돕는다면?

"돈을 버는 것보다 돈을 쓰는 것이 보다 큰 장사라 할 것이오. 어떻소? 남궁세가의 창고를 열어 이 황량으로 하여금 돈을 쓰는 장사를 하게 해주실 것이오?"

"하하하! 알았소. 창고를 열겠소. 한번 힘 닿는 데까지 은자를 써보시오."

남궁유한이 흔쾌히 승낙했다.

호탕하게 웃는 남궁유한이 마음에 들었는지 황량이 만족스런 미소를 지었다.

"쓰고 또 쓰다 보면, 결국에는 한 가지를 살 수 있을 것이오."

황량이 말을 이었다.

"그것은… 천하(天下)요!"

남궁유한은 천하를 살 수 있다 말하는 황량을 보며 더할 나위 없이 유쾌해졌다.

"아이구, 삭신이야! 며칠 전 그것들에게 맞은 이후로 몸이 성한 데가 없구나."

황산에서 산적 일을 하고 있는 윤달호. 용작두로 널리 알려진 그가 겨우 자리를 털고 일어나 며칠 만에 일을 나섰다.

그의 곁에는 아직도 눈가가 시퍼렇게 멍들어 있는 산적 개작두가 따르고 있었다.

"이 자식! 오늘은 확실하겠지?"

며칠 전 남궁세가 소가주 일행을 '큰 손님'이라며 얼토당토 않은 호들갑을 떨었던 개작두를 매섭게 노려봤다.

"두, 두목, 이번에는 확실하답니다. 곱사등이 하나에 염소 수염 하나, 풍채 좋은 젊은 놈 하나랍니다. 그리고 좋은 비단 옷을 입은 귀공자가 있는데, 나머지 셋은 그 귀공자를 따르는 종놈들인 것 같답니다."

"알았다. 오늘도 잘못 봤으면 그 썩은 동태눈깔을 모조리 파버리마."

용작두가 둔탁한 나무숟가락을 들고 개작두의 눈알을 파내는 시늉을 하자 개작두가 기겁을 하며 뒤로 물러섰다.

"화, 확실하답니다."

"믿으마. 자, 가자!"

용작두가 개작두를 포함해 산채 식구 십여 명을 이끌고 통행세를 받으러 출발했다.

'먼저 세가로 떠난 아연과 팽 공자, 당 소저의 병세는 어떠한가 모르겠구나.'

남궁유한이 속으로 그런 생각을 하며 자신과 동행하고 있는 철대선생 일행을 바라봤다.

'서윤이라는 사내의 눈빛이 마음에 걸리나 어찌 보면 나에게 커다란 조력자들을 얻은 것 같다. 이번 황산행은 결코 헛걸음이 아니었어.'

남궁유한은 흐뭇한 마음으로 가볍게 걷고 있었다.

그런데 그의 눈에 낯익은 면상 하나가 보이기 시작했다.

그리고 반대편에 있는 낯익은 면상의 소유자 하나도 곧 남궁유한의 얼굴을 알아봤다.

털썩!

낯익은 면상의 소유자 용작두가 남궁유한의 얼굴을 보더니 그대로 자리에 주저앉고 말았다.

"헉!"

그리고,

"캑! 꾸엑!"

산적 몇몇도 돼지 멱 따는 비명을 질러대며 바닥에 주저앉았다. 그중 하나는 겁에 질려 오줌까지 지리고 말았다.

그런데 아직까지 상황을 파악하지 못한 개작두가 고개를 갸웃거리며 물었다.

"두목, 왜 그러십니까?"

용작두는 바르르 떨며 품에서 둔탁한 나무숟가락을 꺼냈다.

"이, 이, 이 자식 개작두! 눈알을 파버리마!"

용작두가 이를 갈며 개작두를 노려봤다.

'복도 지지리도 없지. 며칠 만에 처음 나서자마자 만난 것이 저 악귀 놈이라니! 아이구, 아이구!'

용작두가 남궁유한 앞에 엎드려 손이 발이 되도록 빌기 시작했다.

"여우 같은 마누라와 토끼 같은 자식들이 있습니다. 이놈이 죽으면 그들이 다 산 입에 거미줄 치게 됩니다. 그러니 부디 용서를……."

그런데 아직도 영문을 파악하지 못한 개작두가 주둥이를 놀렸다.

"두, 두목! 두목, 우리도 모르는 사이에 월하루 춘심이 년하고 살림 차렸수? 게다가 토끼 같은 자식들 얘기는 뭐유? 두목에게 새끼들이 어디 있다고?"

개작두의 말에 용작두가 손으로 입을 가리며 소리쳤다.

"컥!"

'이 자식, 개작두! 아무리 눈치가 없어도 그렇지!'

용작두가 입에서 불이라도 뿜을 기세로 개작두를 노려봤다.

그러더니 다시 빌었다.

"하여튼 살려주십시오."

그런 용작두를 보더니 남궁유한이 코웃음을 쳤다.

"너도 참 재수가 없구나."

"그, 그렇습니다요. 참으로 재수가 없는 놈입니다요. 본디 이놈은 어릴 적부터 뒤로 넘어져도 코가 깨지고, 하필 의동생으로 삼은 것이 이런 녀석입니다."

용작두가 개작두를 가리켰다.

남궁유한이 용작두를 보며 미소를 지었다.

"통행세를 내야 지나갈 수 있느냐?"

"헉! 아닙니다요. 저희가 통행세를 드려도 시원찮을 마당입니다."

통행세란 어차피 길을 지나가는 대가로 주고받는 돈이다.

그 생각이 들자 남궁유한이 장난기가 동했다.

"그렇게 생각한다면 내 굳이 거절하지는 않겠다."

"무슨 말씀이신지……."

"네가 방금 통행세를 준다 하지 않았느냐?"

"컥! 토, 통행세 말입니까?"

"그렇다."

남궁유한이 용작두 앞으로 손을 내밀었다.

"지, 진짜로 받으시렵니까?"

"허허! 나는 허언을 하지 않는다!"

"캑!"

통행세를 받겠다 한 남궁유한의 말이 진심임을 안 용작두가 갑자기 사레라도 들린 듯 쿨럭대기 시작했다.

"통행세만 낸다면 손끝 하나 대지 않으마. 그리고 얼굴이 반반하다 하여 그 춘심이란 여인을 두고 가라 하지도 않을 것이니 걱정 말거라."

남궁유한의 말에 용작두가 속으로 통곡을 했다.

'용작두의 산 생활은 끝났다. 산중호걸이 돼 지나가는 사람에게 도리어 통행세를 바치다니, 앞으로 어찌 얼굴을 들고 다닌단 말이냐. 꺼이꺼이!'

용작두는 그러나 어쩔 수 없이 바지춤 은밀한 곳에 숨겨둔 전낭을 꺼냈다.

그리고는 바들바들 떨리는 손으로 피 같은 돈을 남궁유한에게 통행세로 바쳤다.

통행세를 받은 남궁유한이 흡족한 미소를 지었다.

"앞으로 세가 살림이 쪼들릴 것 같은데 유용하게 쓰도록 하마."

용작두는 죽을상을 지으면서도 억지로 웃었다.

"보, 보탬이 됐다니 이 용작두 기쁘기 한량없습니다."

'아이구, 산채 한 달 생활비가 통째로 날아갔구나. 앞으로 어찌 살아야 하나. 꺼이꺼이!'

속으로 통곡하고 있는 용작두를 보며 남궁유한이 웃었다.

"혹 정 살기 힘들면 세가를 찾아오너라. 문지기 자리라도 내어줄 것이니."

그 소리에 용작두가 적잖이 흥분했다.

"헉! 정말입니까?"

"말하지 않았느냐? 나는 허언을 하지 않는다고."

"캑! 아, 알겠습니다."

용작두가 마치 땅이라도 파고들어 갈 기세로 연신 절을 했다.

"인연이 닿으면 또 보도록 하자꾸나."

그러며 남궁유한 일행이 떠났다.

용작두는 남궁유한이 시야에서 사라진 후에도 계속 절을 하며 감사를 표했다.

"감사, 또 감사드립니다."

다른 산적들이 모두 일어났음에도 불구하고 여전히 절을 하고 있는 용작두를 보며 사정을 모르는 개작두가 물었다.

"두목, 저 자식이 누군데 수치스럽게도 산적이 통행세를 바칩니까?"

그 말을 듣고 나서야 하던 절을 멈추고 용작두가 일어섰다.

"저 자식? 저분을 감히 그리 말했느냐? 개작두 네놈이 오늘 죽고 싶은가 보구나!"

으르렁거리는 용작두의 말에 개작두가 손을 설레설레 흔들었다.

"아, 아닙니다. 단지 궁금해서……."

"저분이 바로 그 남궁세가의 소가주 남궁유한 대협이시다."

그 소리에 개작두가 화들짝 놀랐다.

"제갈세가와 단목세가 정예들을 홀로 찜 쪄 먹고, 유성검 단목대운을 박살 내버린? 게다가 금설매 제갈연하를 첩실로 거뒀다는?"

다른 소리는 용작두의 귀에 들어오지 않았으나 마지막 소리는 확실히 들어왔다.

"헉! 금설매 제갈연하가 저분의 첩실이 됐다더냐?"

"그 정도 미인이 포로가 됐는데 그렇고 그렇게 되지 않았겠습니까? 어떤 놈은 이미 쌀이 익다 못해 타버렸다고도 하더이다. 클클클!"

"히야~! 대단하구나. 금설매를 첩실로 거두다니. 저런 분이 이 용작두를 좋게 보아 세가로 오라 하다니……. 이 용작두, 어린 시절부터 정파의 청년 영웅이 되는 것이 꿈이었으니……."

용작두는 헛기침 몇 번을 하더니 선언했다.

"오늘부로 황산 작두채는 해산한다!"

용작두가 산채를 해산하겠다 선언하자 얼뜨기 산적들이 크게 놀랐다.

"두, 두목! 그 무슨 마른하늘에 개소리입니까?!"

"개소리?"

"개소리지요. 산채 새로 연다고 들인 은자가 얼마며, 다른 산채에서 잘나가던 아이들 끌어오느라 쓴 은자가 얼마입니까? 안

됩니다. 본전 뽑기 전까지는 작두채를 해산할 수 없습니다.”

“이 자식들아! 평생 산채에서 지나가던 사람들 푼돈이나 뜯어먹고 살래? 남궁세가래잖아! 세가 창고 한 번만 털어도 삼대가 먹고살아.”

용작두의 말에 그때서야 다른 산적들이 고개를 끄덕였다.

“아~! 그런 생각이셨습니까?”

용작두가 고개를 끄덕였다.

“그럼 저희들도 같이 가겠습니다. 두목, 남궁세가 창고, 같이 먹읍시다!”

“흠흠! 너희들이 정 원한다면 동행하도록 하마. 하나 한동안 모진 수모와 천대를 참아야 할 것이다. 고진감래라 했다. 참는 자에게 복이 있는 법이다. 할 수 있겠느냐?”

“물론이지요. 남궁세가 창고만 털 수 있다면 그 무엇인들 못하겠습니까?”

“그런 생각이라면 됐다. 어서 산채 올라가서 짐 챙겨라. 우리 작두파, 크게 한탕 하자! 하하하하하!”

황산 작두채 산적들은 청운의 꿈을 품고 산채를 정리하기 시작했다.

第七章 세가부흥

無敵世家

아침부터 남궁세가 정문은 사람들로 북적거리고 있었다.

사람들은 크게 두 부류로 나눠져 있었다.

합비뿐만 아니라 안휘성 강호를 완전히 평정한 남궁세가와 교분을 쌓으려는 상인들과 대지주들이었다.

그들은 그들이 가진 이권을 보호해 줄 무력을 얻기 위해 남궁세가의 보호를 받고자 찾아온 이들이었다.

그리고 다른 무리는 남궁세가에 입문하고자 찾아온 청년들과 무사들이었다.

그들 중에는 안휘성은 물론이고 인근 호남성과 강소성, 멀리 강남 땅과 섬서, 산서 등에서 몰려온 이들 또한 포함돼 있었다.

이들 중에 절정의 고수라 할 만한 이들은 없었으나 이전처럼 삼류도 못 되는 낭인들은 아니었다.

기회만 주어지고 제대로 된 무공만 배운다면 충분히 밥값을 할 사람들이었다.

"혀, 형님, 이거 잘못 온 거 아닙니까? 사람들 눈빛이 예사롭지가 않습니다."

산 밑으로 내려간다는 소리에 흉악한 인상을 위해 길렀던 수염마저 말끔히 깎은 작두채 산적 개작두가 용작두에게 말했다.

'헛! 그렇기는 하다. 이놈도 저놈도 한칼 할 것 같지 않은가?'

용작두 역시 속으로는 그리 생각했으나 수하 앞에서 위축된 모습을 보일 수는 없었다.

"험! 우리는 저들과 다르다. 우리는 소가주님이 직접 초빙한 인재들이 아니냐?"

"그렇기는 합니다만……."

왠지 불안해진 개작두였다.

그사이 남궁세가 정문이 열리며 접수대가 설치됐다. 그리고는 접수대 앞에 외팔이에 외다리인 불구 사내가 나타났다.

그는 몰려든 사람들을 향해 포권을 하며 말했다.

"남궁세가 총사를 맡고 있는 조량이오. 남궁세가를 좋게 보아주어 이렇게 많은 분들이 찾아주니 기쁘기 한량없소."

그는 사방으로 정중히 예를 표하더니 말을 이었다.

"저희 남궁세가는 사람이 필요하오. 그러나 그렇다 하여 아무나 받을 수는 없는 노릇."

그 말에는 모여든 사람들이 모두 고개를 끄덕였다.

그중 성질 급한 사내 하나가 물었다.

"시험이라도 보겠다는 말씀이시오?"

"그렇소. 하나 남궁세가는 어설피 완성된 재주를 가진 이보다 가능성을 가진 이를 더 원하오. 사람만 괜찮다면 세가에서 직접 인재를 키우면 될 것이니. 경공으로 몇 장을 뛰거나 검에 검기를 일으키거나 하는 정형화된 기준 따위를 적용할 생각은 없소."

"그럼 어찌 뽑는단 말이오?"

"남궁세가가 천하제일의 부를 가진 곳은 아니나 먹고살기에 부족한 곳은 아니외다. 신분만 확실하다면 지원자 모두를 칠 주야 동안 직접 가르쳐 본 후 세가 입문자들을 뽑을까 하오."

가르친다는 말에 지원자들이 마른침을 꿀꺽 삼켰다.

"그럼 지원만 하면 남궁세가의 무공을 가르쳐 준다는 말씀이시오?"

"물론 세가의 비기를 가르쳐 줄 수는 없소."

"그것은 당연하오."

지원자들이 모두 고개를 끄덕였다.

"그래서 세가의 기본인 창룡십팔검을 칠 주야 동안 가르쳐 본 후, 그 성취도와 가능성을 따져 입문자를 받아들일 생각이오."

"저, 정말이오?"

기본이라 하나 다른 곳도 아닌 남궁세가의 검법이다.

무인의 꿈을 품었으나 군부의 흔하디흔한 삼재검이나 육합권, 양가창법도 제대로 배우기 힘든 것이 현실이었다.

그런데 공으로 남궁세가의 창룡십팔검을 가르쳐 준다니…….

"좋소! 좋소이다! 무조건 지원하겠소이다!"

무인의 꿈을 품고 몰려든 청년들과 무사들이 일제히 소리쳤다.

그런데 그중 제법 수준이 있는 무인들은 약간의 불만을 가졌다.

"굳이 창룡십팔검을 배울 필요가 없는 수준의 사람들은 어찌해야 하오? 나 사자도 한연수는 창룡십팔검을 배울 필요가 없다고 보오."

도파에 유별나게 사자 조각이 있는 도를 등에 메고 있는 사자도 한연수였다.

사자도 한연수라는 소리에 주변에 모여 있던 이들이 수군거리기 시작했다.

"사자도래."

"산서성의 고수 사자도? 그런 일류고수가 어찌 이 먼 안휘성까지 왔을까?"

그에 이어 흑색 경장 차림에 눈빛에 살기마저 감도는 사내가 말했다.

"사자도의 말에 나 비천검 조막수도 동의하오. 나는 남궁세가에 검광 곽상이 있다는 소리를 듣고 찾아왔소. 비천검이 창룡십팔검을 배워야 한다면 사람들이 크게 비웃을 것이오."

그리고 또 한 사람.

"나 자룡신창 조연운은 처음 무공을 배운 이래 창 하나에만 매진해 왔소. 각자 익히고 있는 절기가 다를 것인데, 그것을 무시하고 다시 검을 배워야 한다면 나는 남궁세가의 녹을 받을 생각이 없소이다."

그 소리에 사람들이 말했다.

"하긴 사자도나 비천검 정도의 고수가 그런 시험을 칠 이유가 없지. 그리고 자룡신창의 말도 맞아. 각지 손에 익은 병장기가 다를 것인데 어찌 검을 배우라 강요할 수 있겠는가 말이야."

적잖은 소란이 일어나자 총사 조량이 크게 소리쳤다.

"그 점도 다 감안하고 있소이다! 자신의 무공에 합당한 대접을 받고자 하시는 분들은 세가의 무사들과 검을 섞어 실력을 입증할 기회를 드릴 것이오! 그리고 남궁세가에는 많은 무공절학이 있소이다! 창이든, 도든, 편이든, 부든, 원하는 절학을 익힐 수 있을 것이오! 또한 유별난 독문병기가 있다 해도 사천당가의 장인들이 세가 안에 있으니 아무런 문제가 없을 것이오!"

그 소리에 사람들이 크게 술렁거렸다.

"세가에 입문할 수 있다면 사천당가 장인들이 만든 병장기도 지급해 준다는 말씀이시오?"

"그렇소. 고맙게도 사천당가 명장들이 세가 무사들을 위해 맞춤 제작을 해주고 있소이다."

"우와아아아아~!"

사람들 사이에서 커다란 함성이 터졌다.

천하의 명품들을 제작해 온 사천당가에서 제작한 무기, 게다가 쓰는 자에 적합하게 특별히 제작을 해주다니…….

이는 천하의 일류고수들도 누리지 못할 호사였다.

창룡십팔검을 배워야 한다는 사실에 불만을 표했던 사자도와 비천검, 자룡신창마저도 그 소리에는 적잖이 기대가 되는 것이 사실이었다.

"다시 한 번 말하겠소! 신분이 확실해야 남궁세가의 시험에 응시할 수 있소이다!"

조량의 말에 한 사내가 익살을 떨었다.

"그것만 통과를 한다면 칠 주야 동안 남궁세가의 곡식을 모조리 축낸다 해도 아무 소리 안 하는 것이오?"

"하하하하하!"

"그렇소이다. 하나 너무 많이 먹으면 남궁세가가 백 년 이상 원기를 회복하지 못할 것이니 적당히들 먹어주시오."

"크하하하하!"

조량이 농을 한 번 던진 후 말했다.

"시험이 끝나 가능성이 보이지 않아 세가를 떠날 사람도 있을 것이오. 그런 사람들에 대해서도 남궁세가의 시험에 응시해 준 데 대한 감사의 표시로 조그만 성의 표시를 할 것이오. 큰돈은 아닐 것이나, 낙방의 쓰라림을 달래줄 술 한잔 가볍게 할 수 있을 성의는 보일 것이오."

"알겠소. 남궁세가가 고맙게도 그런 세세한 부분까지 신경을 써주는데 어찌 불만이 있을 수 있겠소? 나 공대는 혼신의 힘을 다해 도전해 볼 것이오."

"그렇소. 나도 도전해 보겠소."

"나도, 나도!"

사람들이 너나 할 것 없이 자신의 신분을 증명하기 위해 접수대로 몰려들기 시작했다.

"히야~! 칠 주야 동안 공밥을 먹여줄 뿐만 아니라 낙방한 사람들에게도 술값을 준다? 남궁세가가 정말 통이 크구나. 우리 같은 것들의 심정을 정말 잘 알고 있구나."

개작두가 크게 감탄했다.

"그렇구나. 내 처음 볼 때부터 소가주가 큰 사람이란 것을 알고 있었지. 그래서 이처럼 과감히 사업을 정리하고 남궁세가에 투신할 생각을 한 것 아니냐? 하하하!"

용작두가 크게 웃었다.

"그런데 말이오, 우리 식구들이 서른인데 그중 몇몇이 저 시험에서 떨어지면 어찌 되는 것이오?"

그것이 문제였다.

남궁세가에 들어가지 못하면 남궁세가 창고를 털겠다는 원대한 포부도 말짱 도로아미타불이 되는 것.

용작두가 눈에서 살기를 폭사시켰다.

"죽기 싫으면 시험에 붙으라고 해. 앞으로 배 뻥뻥 두드리며 호의호식하고 싶으면 시험관을 매수하든, 계집으로 구워삶든, 시험관의 밑을 닦아주든 무조건 붙어야 할 것이다!"

용작두의 서슬 퍼런 기세에 눌린 얼뜨기 산적 출신 수하들이 순간 목을 움츠렸다.

'젠장! 죽기 아니면 까무러치기다. 칠 주야 동안 죽었다 생각하고 열심히 해보자. 노력하면 안 되는 일이 없다 했는데 한 번 열심히 해보자.'

작두채 산적들이 두 주먹을 억세게 움켜쥐었다.

남궁세가를 향해 천하의 젊은이들이 몰려들기 시작했다.

"철대선생의 말이 곧 내 뜻일 것이오. 그러니 세부적인 사항은 철대선생과 논의하시오."

남궁유한은 자신을 찾아온 안휘성의 상인들과 지주들을 철대선생에게 맡기고 자리에서 일어섰다.

상인들과 지주들은 남궁세가 소가주와 직접 얘기를 나누고 교분을 쌓고 싶었으나 소가주가 저리 잘라 말하니 더 이상 붙잡고 있을 수가 없었다.

더구나 소가주 대신 내세운 인물도 무명의 잡배가 아니라 천하의 철대선생이니 그들로서도 큰 불만은 없었다.

철대선생에게 일을 맡긴 후 회의실을 나온 남궁유한은 곧바로 내실로 향했다.

내실에는 이제는 거의 병세를 회복한 팽강과 사천당가의 당호유가 기다리고 있었다.

남궁유한이 내실로 들어서자 기다리고 있던 두 사람이 자리에서 일어섰다.

"오셨습니까?"

"기다리게 해서 미안하오."

남궁유한이 자리에 앉자 두 사람 역시 착석했다.

팽강이 먼저 입을 열었다.

"아버님께서 제가 보낸 서신을 보시고 크게 우려하셨습니다. 일전에 얘기한 것처럼 저희 팽가에도 불온한 기류가 감지되고 있는 터라 쉬이 보아 넘길 문제가 아니라 봅니다."

팽강은 남궁유한에게서 황산에서 이기어검을 펼친 괴인이 속한 세력이 제갈과 단목세가에 침투해 있다는 얘기를 들은 터였다.

남궁유한 역시 고개를 끄덕였다.

아니, 그만큼 이 일을 심각하게 여기는 이도 없었다.

"그래서 아버님께 제가 급히 청했습니다."

"무슨 청 말인가?"

"팽가와 남궁가, 당가가 강한 결속력을 보인다면 모종의
세력 또한 섣불리 행동을 개시할 리 없을 것입니다."

무림오대세가 중 셋이 뭉친다면 십만마교를 제외하면 단
일 세력으로는 최강이다.

당대에 세 세가를 향해 감히 대놓고 이빨을 보일 자는 없을
것이다.

"연 매와 저는 이미 혼약이 돼 있는 몸, 세상에 결속력을 과
시도 할 겸해서 혼인 날짜를 빨리 잡아달라 했습니다. 그랬더
니 세가에서 길일을 잡아 보내주셨습니다."

"길일을?"

"그렇습니다. 제 마음 같아서는 당장이라도 혼인을 하고
싶으나… 세가에서는 내년 춘삼월 초엿새가 길일이라 해 그
날로 날짜를 잡아 보내왔습니다. 이는 태상부인과 먼저 상의
를 해야 도리일 것이나 일단 숙부님도 알고 계셔야 할 것 같
아서 미리 말씀 올립니다."

"그런가?"

"그리고 그전에 아버님께서 연 매를 한 번 보았으면 하십

니다. 저 또한 찬성입니다. 내년 춘삼월이 되려면 아직 다섯 달이나 남았습니다. 그 시간 동안 암중 세력들이 발호를 할 수도 있는 노릇이니 연 매가 저희 팽가를 방문함으로써 세상에 혼인이 이뤄질 것임을 선포하자는 의미입니다."

"흠……."

아연이 당장 남궁가를 떠나야 한다는 소리에 남궁유한은 주저할 수밖에 없었다.

가급적 혼인 시기를 늦추고 싶다는 것이 남궁유한의 솔직한 심정이었다. 아니, 혼인 자체가 이뤄지지 않았으면 하는 마음도…….

"나쁠 것은 없다고 보오. 전통적으로 그리 편한 사이가 아니었던 팽가와 남궁가가 혼인으로 그 화목함을 보인다면 그 모종의 세력과 맞서는 데도 큰 힘이 될 것이오."

당호유가 거들고 나섰다.

사실 틀린 얘기도 아니었기에 당호유는 찬성을 한 것이다.

그러자 남궁유한도 마음을 정했는지 입을 열었다.

"그럼… 내 직접 아연이를 데리고 팽가를 방문하지."

"그래 주시겠습니까? 제갈가와 단목가가 아직 으르렁거리고 있는데……."

남궁유한이 남궁가를 비우면 두 세가가 남궁가를 다시 압박할지도 몰랐다.

"이번 기회에 팽가는 물론 제갈가와 단목세가 또한 방문할 생각이네. 눈치만 볼 것이 아니라 직접 만나 담판을 지을 요량이네.”

그러자 당호유가 물었다.

“두 세가의 포로들을 풀어줄 생각이시오?”

남궁유한이 바로 답했다.

“나는 제갈과 단목세가가 마음에 들지 않소. 지난 행실을 따지면 포로들은 마땅히 참해 버려야 속 시원할 것이오.”

흠칫!

참해 버린다는 소리에 당호유가 순간 긴장했다.

“그러나 그렇게 되면 두 세가와 남궁가는 영원히 척을 지게 될 것이오.”

“알고 있소. 마음 같아서는 그러고 싶으나 보다 큰 것을 보기로 했소. 제갈과 단목세가 내부에 모종의 세력이 도사리고 있고, 그 세력이 팽가 일부에도 침투해 있소. 나의 적은 그 모종의 세력이지 두 세가가 아니오.”

당호유가 안도하며 말했다.

“현명한 판단이오.”

“팽가를 방문하고 나서 곧바로 두 세가를 찾아갈 것이오. 사실 매일같이 포로들을 풀어달라며 칭얼대는 소리 듣는 것도 지겹고 말이오.”

제갈과 단목세가에서는 매일같이 사람을 보내 무엇이든 들어줄 테니 포로들만 풀어달라 청하고 있기도 했다.

남궁유한이 오대세가 중 셋을 방문한다 하자 당호유가 심중에 품고 있던 생각을 꺼냈다.

"그럼 이 기회에 우리 당가도 한번 방문해 주시지요. 태상 부인께서도 당가계를 떠나온 지 사십 년이 넘어 그리워하고 있는 상황이니……."

남궁유한이 그 소리에 잠시 생각했다.

'나쁠 것은 없겠지. 하나 팽가를 들르고 곧장 천하의 영산이라는 백두를 찾아갈 것이다.'

하북성에 자리한 팽가는 어차피 영산 백두로 가는 여정에 있었다.

"좋소. 당가주께서 이 남궁유한을 번거롭게 여기지 않는다면 방문하겠소이다."

"무슨 말씀을요. 가주께서는 크게 기뻐하실 것입니다. 그리고 이참에……."

당호유가 말꼬리를 흐렸다.

"이참에 무엇을 말이오?"

남궁유한의 물음에 당호유가 잠시 주저하더니 힘겹게 입을 열었다.

"산산이가 크게 흠이 없다면 이 기회에 혼약이라도 맺는 것이……."

"……."

그 소리에 남궁유한은 말이 없었다.

답하기 어려운 문제였다.

그런 분위기를 알아챈 팽강이 나섰다.

“숙부님, 그리고 당 대협, 누가 되지 않는다면 이 팽강과 팽가가 중매를 한번 서보지요.”

팽강은 적극적이었다.

‘숙부와 당 소저는 잘 어울린다. 또한 아연이 숙부를 바라보는 눈길 또한 심상치 않으니 이번에 밀어붙여야 한다.’

“팽가가 나서주시겠소?”

당호유가 기뻐하며 물었다.

“가주이신 아버님께 청해보겠습니다.”

천하의 팽가 가주가 직접 월하노인이 된다면 세상 누구도 쉬이 거절하기 힘든 일.

“생각은 해보겠소.”

남궁유한은 여전히 밋밋한 반응이었으나 거절하지 않은 것만도 희망적이었다.

‘사실 산산이와 만난 지 얼마 되지 않았으니 쉬이 마음을 정하기 힘들 것이다. 하나 자주 보다 보면 정이 생길 터. 시간 문제일 것이다.’

당호유는 그리 생각하며 팽강을 바라봤다.

“일이 잘되면 당가의 가주께서 팽가의 가주께 직접 석 잔의 술을 권할 것이외다.”

“하하하! 팽가는 뺨 석 대 맞는 것을 그리 즐기지 않으니 최선을 다해보겠습니다. 믿어보시지요."

팽강과 당호유는 죽이 잘 맞았다.

'어차피 세 세가의 연수를 더욱 공고히 하기 위해서는 혼인으로 맺어져도 좋겠지. 특별한 의미는 없다. 그저 정략혼에 불과할 것이니……'

남궁유한은 속으로 이렇게 생각하면서도 남궁아연이 떠올라 씁쓸하기 그지없었다.

얼마 후,

"철대선생, 내가 없는 동안 세가를 잘 부탁하오."

배웅을 나온 철대선생이 웃으며 화답했다.

"잘 알겠습니다. 세가 걱정보다는 이번 행로를 헛되이 하지 않는 것에만 집중하십시오."

"수시로 연통을 날릴 것이니 문제가 발생하거든 바로 알려주시오."

"복삼이가 발이 빠르고 몸이 날래니 열심히 부리겠습니다. 헐헐!"

그러자 곁에 있던 복삼이 발끈했다.

"요즘에도 발이 부르트도록 돌아다니느라 하루도 편한 날이 없소. 적당히 좀 부려먹으시오."

그런데 그런 복삼의 머리에 다짜고짜 꿀밤을 먹이는 사내가 있었다.

"이놈 복삼아, 시키면 시키는 대로 할 것이지 무슨 말이 그리 많아?"

철대선생의 일행으로, 복삼의 은인이라는 상인 황량이었다.

"화, 황 대인, 제 말은 그것이 아니라……."

어린 시절 큰 은혜를 입은 복삼은 황량 앞에서는 꼼짝도 하지 못했다.

고양이 앞의 쥐 꼴이라고나 할까?

"허허! 굶어 죽을 녀석 살려놓았더니 이제 다 컸다고 이리 말대꾸를 하다니……. 흑흑!"

황량이 과장되이 우는 시늉을 하자 복삼이 머리를 긁적였다.

"그러지 마세요. 이 복삼을 은혜도 모르는 금수로 만들 생각입니까? 알았어요. 발에 불이 나도록 뛰어다니도록 하지요."

복삼이 바로 꼬리를 내렸다.

"결국 그리 말할 녀석이 왜 투덜대느냐?"

복삼의 천적 황량이 미소 짓는 사이 남궁유한이 진 노인에게 말했다.

"진 노인, 새로 세가에 입문한 이들이 많소. 그들을 잘 가르쳐야 할 것이오."

진 노인은 그 어떤 일이 있어도 세가 밖으로 나가지 않는 수호검이다.

총사 조량이 있다 하나 그가 남궁유한을 실질적으로 대신해 세가를 지킬 것이었다.

"알겠습니다. 세가 무사들의 실력이 나날이 늘고 있으니 너무 걱정 마십시오."

남궁유한이 고개를 끄덕이며 검광 곽상을 바라봤다.

"좋은 술 사오마."

"좋은 술이고 뭐고, 초설이 년 데려간다니 감사해 죽을 지경이오."

경천육십사비를 익힌다며 매일같이 자신을 들볶았던 초설이 소가주와 동행한다 하자 후련하기 그지없는 곽상이었다.

"오라버니, 제가 그리도 미우셔요?"

소주제일미녀로 불렸던 초설이 밉상일 리가 없다.

게다가 여자라면 질색하는 곽상이라 해도 초설과 매일같이 얼굴을 맞대자 그래도 정이라는 것이 슬슬 생겨나던 차였다.

"그런 것은 아니다."

곽상의 그 답에 초설이 크게 기뻐하며 말했다.

"오면 경천육십사비 수련을 도와주실 거지요?"

"아, 알았다! 그러니 이만 떨어져라!"

초설이 곽상의 팔짱을 끼자 그가 기겁을 하며 소리쳤다.

"하하하하!"

곽상이 기겁하는 모습을 보며 사람들이 모두 크게 웃었다.

"자자! 이제 출발하도록 하지요."

혹시 몰라 광풍삼십육도객을 남궁세가에 남겨두고 홀로 떠나는 팽강이 큰 소리로 말했다.

"출발하자!"

남궁유한이 소리쳤다.

그러자 매타자와 아평, 아소 형제, 초설이 선두에서 출발했다. 그 뒤로는 태상부인 당혜와 남궁아연, 그리고 당산산이 탄 사두마차가 움직였다.

마지막으로 명마에 올라탄 남궁유한과 팽강, 당호유가 말고삐를 움켜쥐었다.

마차와 남궁유한의 말 사이에서 따르는 소수의 무사들과 시중을 들 종복들까지 합치면 근 삼십에 달하는 일행이었다.

남궁유한은 이 일행을 이끌고 부흥하고 있는 남궁세가를 떠나 나머지 사대세가를 방문하기 위해 장도에 올랐다.

그리고 장백문이 위치하고 있다는 영산 백두까지도.

황산의 한 객잔.

남궁유한이 잠시 머물렀다 혈세신마의 제자 현호열을 죽인 그 객잔에 몇몇 사내가 은밀히 찾아왔다.

"으악! 으악! 으악!"

객잔의 점소이, 종복, 하녀들의 비명성이 끊이질 않았다.

사내들의 손속은 잔인했고, 단 한 사람도 살려두지 않을 흉험한 기세를 풍기고 있었다.

사내들은 객잔 안에 살아 숨 쉬는 것들은 개미 한 마리까지도 모조리 베어버린 후 유일하게 살아남은 객잔 주인을 바닥에 끓어앉혔다.

"누구냐, 얼마 전 내 사제를 죽인 자가?"

사내 중 하나가 주인에게 물었다.

주인은 객잔 식솔들이 처참하게 도륙당하는 모습을 본 터라 거의 실신할 지경이었다.

"무, 무슨 말씀이신지……."

"얼마 전 이 객잔에서 검객 하나가 죽었을 것이다. 그 검객을 죽인 자가 누구냐?"

객잔 주인은 필사적으로 기억을 떠올렸다.

그러자 곧 한 가지 떠오르는 사실이 있었다.

"팽가의 대공자를 습격하다 죽은 자객 말입니까?"

사내의 눈빛이 번뜩였다.

"그렇다."

"그 자객은 남궁세가 소가주가 베었다 들었습니다."

"남궁세가 소가주? 남궁유한이란 자?"

"그, 그렇습니다. 분명 그리 들었습니다."

휘이익! 휘이익!

사내 주변의 공기가 크게 흔들리며 살풍이 일기 시작했다.

"그자가 감히 사제를 죽이다니! 남궁세가, 남궁유한, 남궁유한……."

사내가 몇 번이나 그 이름을 읊조리더니 하늘을 향해 소리쳤다.

"죽음을 각오하고 함께 문을 넘어온 사제였다! 감히 너 같은 버러지가 사제를 죽이다니! 죽이겠다! 죽일 것이다! 반드시 죽일 것이다!"

사내가 절규하더니 객잔 주인을 향해 검을 휘둘렀다.

그 검에서는 탈혼검법을 구사했던 현호열처럼 귀곡성이 들려왔다.

현호열의 검에서 들렸던 것보다 몇 배는 더 거대한 귀곡성이…….

객잔 주인의 시체를 뒤로하고 사내들은 다시 움직이기 시작했다.

이들이 바로 마도시대 십삼신마 중 하나인 혈세신마의 제자들과 혈수라들이었다.

『무적세가』 3권에서 계속…